LE SOIR DES FOURMIS

CÉCILE GABRIÉ

LE SOIR DES FOURMIS

LE GRAND LIVRE DU MOIS

Conception graphique : Pierre Dusser

ISBN 2-7028-8051-7

À Manuel

LE SOIR DES FOURMIS

C'est un soir de novembre qui ressemble à un soir de septembre, à l'été indien. Elle sort profiter des dernières lueurs du jour. Elle aperçoit sa fille, accroupie, concentrée, ses cheveux blond cendré presque roux sous la lumière de miel.

– C'est très cruel, ce que tu es en train de faire, tu sais ? Tu comprends, un élément qui se barre et c'est tout l'édifice qui s'écroule, hein ! Tu peux pas tout broyer comme ça parce que t'en as envie, c'est injuste, mon cœur. Réfléchis avant de détruire, ma puce.

Elle pense, en rentrant dans la cuisine, que sa fille a hérité du sadisme de son père. Que c'est dingue de se taper des fourmis comme ça, en faisant surtout bien gaffe à n'en choper qu'une seule à la fois, écrasée d'un doigt encore taché par les crayons de couleur, comme pour observer, seconde après seconde, l'effet causé sur les survivantes par les pertes successives. Comme pour voir monter l'angoisse, le chaos envahir l'ordre serein. Elle, elle imagine les fourmis en proie à une panique froide. « Combien de temps ça va durer ? Qui sera la prochaine ? » Elle se dit que c'est elle la gamine.

Et puis elle pense qu'après tout c'est normal, que son mari se marrerait sans doute, lui reprocherait une fois de plus de tout prendre trop à cœur, de donner une valeur symbolique à l'acte le plus anodin. Elle se dit qu'il a sûrement fait des trucs pareils, et bien pires, quand il était gamin.

Elle pense que peut-être, justement, si elle l'avait connu gamin…

Deux heures plus tard, dîner muet, dans une salle à manger tous les jours un peu plus sombre. Deux adultes se comportent comme des étrangers. Convaincus cependant de tout faire pour épargner la petite fille qui ne dit mot et mange sagement les yeux baissés sur son assiette.

Mais ce soir, le silence pèse des tonnes.

Échange de regards – on reste parents quand même, elle le découvre tous les jours avec stupeur, dans un étrange mélange de fierté et de dégoût. D'habitude la petite est si bavarde. Elle se dit que ses piaillements sauvent les apparences à un point que leur absence rend plus cruel encore.

– Alors, ta journée, aujourd'hui, mon cœur ? Tu nous racontes pas ?

Sa voix sonne faux, mais elle au moins elle essaye.

Les yeux se lèvent, dociles. On regarde les gens quand ils vous parlent.

Intervention paternelle – la première depuis le début de la soirée, remarque-t-elle.

– Qu'est-ce qui se passe, ma poulette, tu veux nous dire quelque chose de spécial en te taisant comme ça ?

Elle pense que c'est un père merdique, parfois.

La petite fille plante son regard dans celui de sa mère, laissant son père continuer son discours sur le silence, ce si précieux silence qui en dit souvent tellement plus que les mots, etc., etc. Alors elle pense que c'est un regard terrible, et au moment où elle tente de dire quelque chose, n'importe quoi, une connerie qui distrairait ce faisceau gris-bleu braqué sur elle – « votre fille a exactement vos yeux, comme c'est mignon », entend-elle régulièrement depuis bientôt dix ans –, sa fille ouvre la bouche. Le tremblement de ses lèvres cerise est à peine perceptible. Elle dit, lentement, si lentement que chaque mot semble durer des heures :

– C'est très cruel, ce que tu es en train de faire, tu

sais ? Tu comprends, un élément qui se barre et c'est tout l'édifice qui s'écroule, hein ! Tu peux pas tout broyer comme ça parce que t'en as envie, c'est injuste. Réfléchis avant de détruire, maman.

À « maman », les larmes sont toutes tombées dans l'assiette. Les beaux yeux gris-bleu, toujours plongés dans les siens, sont secs.

Et la petite fille se lève, débarrasse en disposant les couverts comme on le lui a appris, range le tout dans le lave-vaisselle. Sans un mot, sans un regard.

Elle reste là, anéantie. Sans oser regarder celui qui est assis en face d'elle, et qui n'a pas bougé d'un centimètre ; celui qui, depuis longtemps déjà, vit à côté d'elle. « Les gens qui s'aiment vivent ensemble, ceux qui ont cessé de s'aimer vivent l'un à côté de l'autre. » Elle pense à cette phrase, qu'elle l'a entendu dire, souvent, dans un sourire. Avec l'air insouciant de celui qui pense que cela n'arrive qu'aux autres.

– C'est fini. Tout est fini là.

Elle ne sait pas si elle a pensé ces mots ou si elle les a prononcés. Il se lève, il pose ses poings serrés sur la table, le corps penché en avant, la tête baissée. Il tremble un peu. Elle craint un éclat, un instant.

Mais quand il redresse la tête, elle voit son visage baigné des pleurs qu'il ne cherche plus à cacher. Il a l'air tendre et triste. Une onde de souffrance aiguë la transperce. Pourquoi ce con est-il si beau quand il a mal ? Il ressemble à celui dont elle est tombée éperdument amoureuse, il y a douze ans. Elle a envie de lui crier de revenir, elle comprend qu'il est encore là, enfoui tout au fond. Qu'elle n'a pas su le retenir. Qu'elle a peut-être inconsciemment participé à sa destruction. Qu'elle l'a perdu.

Elle sait qu'il lui faudra du temps pour apprivoiser le pourquoi et le comment.

– Qu'est-ce qui s'est passé, merde, qu'est-ce qui s'est passé ? Putain, comment on peut en être là ? Est-ce que tu sais comment on s'y est pris pour merder à ce point ?

Sa voix est si douce qu'elle doit se répéter mentalement ses paroles pour en comprendre le sens. Elle se dit que le décalage rend l'instant irréel. Et pourtant. C'est la première fois qu'il met ses mots à lui sur leur échec à eux.

Elle lui dit depuis des mois que rien ne va plus. Qu'ils ne savent plus comment se parler. Comment se taire. Comment s'aimer. Il lui répond qu'elle a l'art de dramatiser, qu'elle ne se sent vivre que sur le fil. Qu'il a été bien con d'avoir épousé une tragédienne née, mais qu'il ne lui en veut pas, il ne lui reproche rien. Que c'est une mauvaise passe que tous les autres traversent ou ont traversée. Qu'il faut tenir bon. Elle insiste, elle devient le procureur de leur histoire, réduite à lui prouver que tout est devenu absurde. Elle le hait de lui faire tenir ce rôle. Elle sent que lui aussi a déjà renoncé. Mais elle pense qu'il n'aura pas le courage de dire ce qui doit être dit une fois pour toutes.

Elle en a parlé à sa mère. Sa seule réaction a été un rire amer, le rire des femmes qui vivent sans hommes depuis longtemps. Un rire qui n'a pas la beauté des rires tristes qui souffrent sans avoir encore abandonné l'idée d'un bonheur un jour possible. Ce rire-là n'attend plus que la confirmation des causes de son aigreur. Ce rire-là donne envie de pleurer.

– Que veux-tu, ma chérie, il ne dira rien, les hommes sont lâches, c'est bien connu.

Elle est restée sans voix, en pensant très fort « quelle conne », et n'a pas répondu à ses messages, depuis.

Elle se dit que la vie a été difficile ces derniers temps. Qu'elle est fatiguée. Parce qu'entre elle et lui, la fin approche depuis trop longtemps. Elle pense à leur petite fille, qui entend depuis des mois les engueulades à voix basse, âpres combats chuchotés dont la violence sourde blesse plus profondément que les hurlements.

Mais ce soir c'est différent. Ce soir de novembre doux comme une consolation, il pleure, et il ne baisse pas la voix.

Elle se lève, ouvre une bouteille de vin, leur sert deux grands verres, et met le café en route. Elle ne peut pas s'empêcher de sourire. Au cours de leurs longues soirées en amoureux – discussions à bâtons rompus, quand ils étaient tout l'un pour l'autre et que le moindre geste leur semblait une preuve d'amour – les assiettes restaient pleines, ils ne se nourrissaient que de vin rouge et de café.

Elle pense que c'est étrange, que maintenant que les choses vont être dites, enfin, elle n'a à l'esprit que leurs plus beaux moments.

Elle se dit que c'est un joli tour que la vie lui joue. Étonnante et brève magie de la rupture, comme un doux sursis, quand l'histoire a été belle.

Il est assis de nouveau, il lui prend la main, et il boit une longue gorgée de vin. Elle s'attend presque à le voir sourire – comme avant, comme il y a longtemps –, et lui dire qu'il est comme il l'aime, qu'elle l'a bien choisi. Puis, très doucement, les yeux débordants de l'amour qu'ils ont laissé filer, sa main serre la sienne, très fort, et il lui dit :

– On va se séparer, Sally. On ne peut pas continuer comme ça. Je nous déteste de nous faire tout ce mal. Et puis y a la petite. Faisons en sorte que les choses se passent le mieux possible. Je sais pas trop comment on a fait pour tout foutre en l'air, et je sais que je t'aimerai toujours, mais là c'est plus possible.

Beaucoup plus tard, aux premières heures du jour, les joues encore brûlantes des larmes qui se sont, une dernière fois, mélangées sur leurs deux visages, elle laisse un message sur le répondeur de sa mère.

– Tu avais tort, maman.

ALFRED ET LISA

Alfred est tombé amoureux à vie de Lisa, un soir où elle était triste. Il n'a pas choisi, il n'a rien prévu. Depuis ce soir-là, lui qui ne vivait que pour lui-même, il ne vit que pour la voir sourire. Dans ses yeux, dans son corps, dans sa tête, Lisa est partout, tout le temps, elle est pour lui l'important et le futile, les heures sombres et les minutes de joie, celle pour qui il veut être quelqu'un de bien, celle qui le rend beau. Il dit parfois qu'il est le plus heureux des condamnés à perpétuité.

Lisa aime Alfred mais Lisa se pose trop de questions. Elle a peur de l'aimer trop, de ne pas l'aimer assez, de ne plus l'aimer un jour, elle a peur de le quitter, elle a peur qu'il la quitte. Elle voudrait que tout soit simple, mais c'est elle qui complique tout. Elle pense qu'Alfred a un don d'amour. Elle dit parfois qu'elle est tombée sur un ange et qu'elle s'accroche de toutes ses forces à ses ailes.

QUELQUES LARMES ET L'AMOUR FOU

C'est une soirée comme une autre, entre jeunes gens lisses et bien élevés en mal de sensations fortes. C'est à Paris, dans un appartement éclairé aux bougies, à Belleville. Des miroirs ébréchés sont posés par terre, contre les murs nus. Des filles écrivent des messages sur leurs reflets, avec un bâton de rouge à lèvres. Leurs mots laissent des traces rouge sang, la femme fatale est à la mode. Des garçons vont et viennent entre la cuisine et la salle de bains, glanant ici et là quelques grammes de folie pour ne pas se sentir vieillir trop vite. Ils surveillent du coin de l'œil celles avec qui ils sont venus, et celles avec qui ils espèrent revenir, la prochaine fois. Lou Reed murmure « *Just a perfect day / you made me forget myself / I thought I was someone else / someone good* », comme une ironie. C'est au cœur sombre et humide du mois de novembre, un jeudi 17. Une nuit qui sent le chien mouillé.

Lisa s'est laissé convaincre. Elle n'a jamais su dire non à Nat, ni pour le meilleur ni pour le pire. Comme souvent, arrivée depuis une heure à peine, elle se demande ce qu'elle fait là. Elle regarde sa meilleure amie virevolter, distribuer ses sourires, prendre un verre, le poser sans y avoir touché pour se jeter dans les bras de nouveaux arrivants, s'asseoir auprès d'elle, « Ça va hein, t'es sûre que ça va, sinon tu me dis et on se barre hein ? », et repartir sans même avoir attendu une réponse. On dirait qu'elle danse ; Lisa la trouve belle comme une libellule.

– Pourquoi tu souris comme ça en me regardant ?

Elle est revenue, radieuse, hors d'haleine. Elle a remué son grand corps mat tout contre un beau brun qui ne la quitte plus des yeux.

– Pour rien, je me disais que t'étais belle comme une libellule.

– Ah ouais ? Ben, c'est gentil. Mais c'est toi qui es belle. Ça va ? Tu t'amuses ? Je veux dire, tu regardes les gens quoi.

– Ouais, je regarde. Dis-moi, c'est chaud, là ! T'as les yeux qui brillent. Tu veux les clés de l'appart ?

– Non, non, pas ce soir. Je tente la stratégie « pas la première nuit ».

Lisa éclate de rire. Son amie lui décoche un regard interrogateur. Plein d'espoir.

– Tu penses que c'est pas une bonne idée, c'est ça ?

– Moi tu sais, je m'en fous, si tu veux jouer la petite-bourgeoise qui a des principes et qui brandit la pancarte « j'suis pas une fille facile » sur sa culotte, ça te regarde.

– Mais ?

– Mais je trouve ça très con, c'est tout. Si vous vous plaisez, c'est aussi simple que ça. Pourquoi remettre ce qu'il y a de meilleur au monde à plus tard ? Au nom de valeurs de merde auxquelles tu n'as jamais cru ? T'es pas une fille facile, Nat, t'es une fille qui aime baiser et qui assume, ça n'a rien à voir.

– Tu dis ça parce que tu t'en fous, toi, le cul ça t'a jamais posé de problème, hein ? (Nat croise le regard soutenu de son beau brun. Elle sourit.) Ouais, remarque, t'as raison. D'autant plus que l'échange des numéros de téléphone et l'attente à la con tout le week-end, c'est naze… OK, vendu ! Mais c'est bien parce que c'est toi. File-moi tes clés. Voilà les miennes. C'est Alex qui va être content.

Lisa rit à nouveau, et donne les clés de son appartement. Ça ne la dérange pas de prendre la place de Nat pour un soir, elle a toujours aimé les tête-à-tête nocturnes avec Alex, son co-locataire. Ils ont passé un pacte, pour les nuits où Nat choisit de s'envoyer en l'air en toute intimité : elle le réveille quand elle rentre au milieu de la nuit, parce qu'il adore parler avec elle dans ce qu'il appelle « l'état finalement extralucide du demi-sommeil », et il lui sert le petit déjeuner au lit en chantant *Sous le soleil de Mexico*, le lendemain matin.

– OK ma belle, et…

– Ouais, ouais, je sais, t'inquiète, *got them in my pocket* ! T'es une mère pour moi, Lisa.

– Ah non, hein ! Surtout pas. Ma fille ce sera pas le genre à aller baiser avec des inconnus comme ça, qu'est-ce que tu crois !

Nat lui applique un baiser un peu collant sur la joue, et va rejoindre son beau brun.

Lisa observe vaguement son manège. Elle envie son insouciance, sa façon d'être libre. Elle, contrairement à l'impression qu'elle donne, parfois, elle a tendance à mettre de la gravité dans chaque chose.

Un air de salsa la tente, et c'est en se levant qu'elle réalise qu'elle a pas mal bu. Tout semble si clair dans sa tête, elle est toujours surprise de constater que le corps ne suit pas. Légèrement titubante, elle se dirige vers ce qui est devenu la piste de danse. Elle aperçoit son reflet dans plusieurs miroirs, elle s'amuse de ne se reconnaître ni de face ni de profil. Silhouette parmi les silhouettes. Elle danse, elle boit, elle danse encore, elle boit toujours, et sa tête tourne, et c'est bon de se sentir lâcher prise. Elle laisse pénétrer le vertige. *Salsa, salsa.*

Elle tourne longtemps, longtemps. Quand elle s'arrête, épuisée, haletante, le front et la nuque moites, elle s'aperçoit qu'elle pleure, et que les autres la regardent.

Nat est partie depuis longtemps, lui dit-on. Est-ce que ça va ? Elle est venue seule ? Assez d'argent pour un taxi ? Est-ce qu'elle est bien sûre que ça va aller ?

Sans prendre la peine d'essuyer les larmes qui continuent de couler, silencieusement, elle se prépare un café dans la cuisine, avant le départ. Elle éclate de rire, toute seule. Elle entend une voix lui demander pourquoi, et elle répond :

– Je pense que, quand même, j'suis une nana bien, j'ai la décence d'avoir le cafard en sourdine. J'ai toujours pleuré en silence, je sais pas chialer dramatique, avec le bruit des sanglots et tout. Même gamine. Ma mère avait l'habitude d'appeler mes chagrins « Et au milieu coule une rivière », parce qu'elle trouvait ça beau de pleurer comme ça, et elle disait que mes yeux pleins d'eau étaient encore plus jolis. C'est des conneries.

– Pas vraiment, non.

Elle se retourne pour mettre un visage sur la voix un peu chantante, avec un léger accent, peut-être, une façon d'insister sur les « r ».

Il est là, tout près, il sent le froid, les odeurs du dehors, il vient d'arriver, il penche la tête du côté gauche, elle a l'impression qu'il l'écoute vraiment.

– Qu'est-ce qui ne va pas ?

Elle pense que c'est la première personne qui cherche à savoir ce qui ne va pas, et qui ne lui demande pas « Ça va ? ». Alors elle lui dit, ses grands yeux gris-bleu pleins d'eau plongés dans les siens :

– Il y a exactement dix-huit ans, mes parents se sont séparés parce que j'avais tué des fourmis.

Quelques heures plus tard, il fait jour. Paupières qui s'ouvrent comme une porte qui grince.

– Merde, Alex, il va s'inquiéter. Aïe, putain ma tête. Tu peux éteindre ce putain de réveil à la con, s'il te plaît ? Je suis où, là ?

– Dans le désordre. T'es chez moi, t'as rien à craindre, j'ai fait du café, y a de l'aspirine dans la salle de bains, j'ai appelé le dénommé Alex pour le prévenir, hier tu n'as voulu me suivre qu'à cette condition, donc… Et… voilà, réveil éteint, huit heures du mat, bonjour, il fait un temps dégueulasse, normal. Bon, je sais pas pour toi, mais moi je bosse, et j'suis déjà à la bourre là.

Il se penche, il sent bon le frais, il s'est rasé. Il l'embrasse sur le front.

– À bientôt Lisa.

Elle regarde autour d'elle. Étrange impression d'être déjà venue. Elle reconnaît K's Choice. *Coccon Trash.*

I want her only to need me / It doesn't matter what I tell her because she changes / Her mind before she speaks / And tends to talk before she thinks / But how I love her.

La chambre lui semble familière, elle s'y sent bien. D'habitude elle déteste dormir dans les chambres des autres. Même chez Nat, elle s'installe dans le salon, sur le vieux canapé jaune poussin. Cette nuit, apparemment, c'est lui qui s'est fabriqué un lit de fortune dans la pièce d'à côté.

Elle se dit qu'elle ne se souvient pas de son prénom. Ou peut-être que si, quelque chose comme Al. Elle pense que si c'est pour Albert, elle ne pourra jamais le prendre au sérieux.

Elle sort du lit pour attraper son téléphone portable qui la réclame du fond de la poche de son jean. Une demi-seconde, elle se demande ce qu'elle fout en culotte. Un poil mateur, le Al, quand même.

– Alors, alors ? Raconte ! T'as découché y paraît ?

Nat, bien sûr. Rapide, le Alex.

– Mmm, ouais, donne-moi quelques secondes là, je te rappelle après deux ou trois litres de café.

– Bon, OK, mais dis-moi seulement un truc, c'était bien ?

Elle réfléchit.

– Ouais, j'crois qu'on peut dire ça. J'sais pas trop. Et toi ?

– Un coup d'enfer ! J'en suis encore toute chose, comme dirait ma grand-mère. Quand je pense que j'ai failli manquer ça ! J't'en dois une, ma belle.

– Y a pas de mal. Je te rappelle, Nat, ciao.

Lisa avale deux tasses de café dans la cuisine bleue, saute dans la douche qui sent bon le shampoing à l'abricot, emprunte un T-shirt et un pull, grimace et sourit à deux secondes d'intervalle en réalisant, une fois dehors, qu'il fait très froid, et qu'elle est dans la rue Manuel, à dix minutes à pied du boulot.

Elle arrive en avance et en chantonnant. Elle a dans sa poche le Post-it orange sur lequel il a griffonné son numéro de téléphone, suivi de « si tu veux en savoir plus sur la façon dont j'ai honteusement profité de ton état toute la nuit… Al ».

En arrivant à la boîte de production, Alfred tombe sur Boris, café en main droite, *Libé* en main gauche, clope au bec, l'œil malicieux sous ses petites lunettes rondes. Boris qui bosse comme un dingue sans jamais en avoir l'air (« des années d'effort pour avoir l'air cool tout en se faisant du blé »), Boris son meilleur pote, le seul avec qui il ne s'ennuie pas au bout d'une heure, le seul avec qui travailler cesse d'être la pire des inventions humaines pour devenir une activité agréable, voire franchement bandante.

– Al, salaud ! Ça va ? T'as une drôle de tête dis donc. Alors, raconte, c'était comment la pêche aux pouffes hier soir ? J'ai manqué quelque chose ?

– Non, non, ça va pas du tout, je suis tombé sur une fille incroyable, enfin c'est elle qui m'est tombée dans les bras, c'est la première fois que ça m'arrive, je sais même plus si je l'ai trouvée mignonne, elle a dormi toute la nuit dans mon lit et j'ai rien fait, je suis resté dans le salon comme un con, et là j'ai un putain de mal de dos, écoute j'suis sérieux, j'suis dans la merde là.

– Oh là, ça te ressemble pas du tout ce discours mon vieux, qu'est-ce qu'elle t'a fait cette fille ?

– Rien, on a parlé, enfin, elle, elle a parlé, elle avait trop picolé. C'est une histoire de fourmis. Elle était triste à cause du soir des fourmis.

– Bon d'accord, ça m'a l'air un peu compliqué. On

déjeune ensemble OK ? Sûr hein ? T'as pas l'air bien là.

– Ouais ouais, ça va aller. À tout à l'heure.

Assis à son bureau, Alfred pense qu'il ne pense qu'à Lisa, qu'il veut être celui qui consolera tous ses chagrins, qu'il veut la rendre heureuse toute sa vie. Il espère qu'elle n'a pas pris froid pendant la nuit, qu'elle a trouvé son Post-it. Il espère qu'elle l'appellera.

– Allô, euh… Al ? C'est Al ?

– Oui oui, c'est moi. C'est Alfred. Je veux dire, Al c'est pour Alfred. Mais bon, personne m'appelle Alfred, alors… Lisa, c'est toi Lisa ?

– Oui, c'est Lisa. C'est Lisa Lisa, enfin, Lisa tout court quoi.

Elle se mord les lèvres de se trouver si conne.

– Écoute euh… Al, j'ai ton T-shirt et ton pull là, et puis je voulais te remercier…

– On peut se voir ?

– Oui, oui, enfin, je veux dire, ouais, si tu veux, mais, là je les porte, enfin je les ai sur moi, tu sais, ton T-shirt et ton pull, je pourrai pas te les rendre tout de suite et…

– Non mais t'en fais pas pour ça, j'en ai plein d'autres, je m'en fous. Je veux dire, des T-shirts et des pulls, tu sais, j'en ai d'autres. Non, mais, si tu veux, on peut prendre un café ce soir, si ça te va.

– OK, oui, bien sûr, ça me va.

– On dit dix-neuf heures, au café qui fait l'angle entre ma rue et la rue des Martyrs, c'est près de là où tu bosses, je crois, c'est bon pour toi ?

– Oui c'est très bien. Ça marche. Comment tu sais que c'est tout près ?

– T'étais pas si raide hier soir, tu sais, on a un peu parlé quand même.

– Ah… OK, bon, ben à tout à l'heure alors.
– À tout à l'heure.

Lisa raccroche, une petite boule dans l'estomac qu'elle refuse d'analyser. Elle dit tout haut « Al pour Alfred », et pense que c'est pas mal. Elle se demande ce qu'il voulait dire par « on a un peu parlé quand même ». Elle se dit qu'après tout c'est peut-être juste un macho de merde qui espère tirer profit de la situation. Elle sourit bêtement, parce qu'elle ne croit pas vraiment à cette version-là.

Quand Alfred arrive au café, avec dix minutes de retard, elle est déjà là, plongée dans un bouquin. Elle a commandé un café et un verre d'eau. Elle a choisi son pull préféré, presque exactement de la couleur de ses yeux. Gris-bleu. Quand elle lève son visage vers lui, en lui souriant d'un air un peu gêné, mais pas timide, il sait qu'il a menti à Boris. Il se dit qu'elle est magnifique.

– Salut ! J'suis contente, j'te reconnais, quand même.

– Salut. T'inquiète pas pour ça, tu sais, t'étais surtout triste, pas vraiment partie.

– J'ai parlé beaucoup, je suis sûre. J'ai dû te raconter ma vie !

– Non, seulement un soir en particulier. T'appelais ça le soir des fourmis. C'était plutôt beau d'ailleurs. T'as parlé que de ça, enfin, de la séparation de tes parents.

– Ah… Eh ben. T'as le droit de me prendre pour une vraie débile. C'est fou quand même. Ça me poursuit. J'ai vingt-huit ans, j'suis une grande fille, et tous les ans c'est pareil, je fais ma petite crise en y repensant. J'avais dix ans, ça devrait s'arrêter un jour, non ?

– Si tu te sens responsable encore aujourd'hui, y a aucune raison pour que ça s'arrête.

Lisa le regarde. Troublée. Il emploie des mots qu'elle n'a pas l'habitude d'entendre, qui font vibrer en elle quelque chose d'un peu caché, très doux. Elle le regarde encore. Elle se souvient de sa voix, de cet accent particulier qui rend les « r » un peu râpeux. À la Brel, un peu. De son visage doux, intelligent.

Il commande un café. Il ne dit rien, le silence ne semble pas le gêner. Il boit son café d'un trait, en demande deux autres.

Elle pense qu'elle pourrait rester comme ça des heures. Et puis elle se dit qu'elle doit dire quelque chose, quand même. Elle a l'impression d'avoir quinze ans. À peine.

– Bon, puisque tu sais tout de moi, enfin, pas mal de choses disons, parle-moi un peu de toi. Tes parents aussi ont divorcé ? Parce que si t'es un rescapé des statistiques, t'es drôlement compréhensif comme mec !

– Bof, l'histoire est un peu différente mais le résultat est le même. Ma mère m'a élevé toute seule, elle m'a dit à huit ans que mon père avait été une rencontre aussi belle que brève, une sorte d'étoile filante, et que c'était sûrement mieux comme ça. Tu vois le genre. Je l'ai jamais connu. J'adore ma mère, mais elle a toujours été un peu paumée. Elle se laisse porter, tu vois, un peu à gauche, un peu à droite. Elle est pas mal, et pas très futée, et c'est pas le meilleur des mélanges pour les bonnes rencontres…

– Ouais, remarque l'inverse est pas facile non plus. Quand on est moche et pas con…

– Qu'est-ce que t'en sais dans les deux cas ? T'as pas vraiment l'air bête, et t'es loin d'être repoussante.

Elle se dit qu'il balance les compliments comme des coups de gueule.

– Hmm. Ça doit pas être facile de grandir sans père.

– Le problème c'est surtout de grandir seul avec sa mère, en fait. Tout cet amour pour toi tout seul, t'en viens à penser que c'est normal, un peu comme un dû. Alors tu te laisses aimer, et t'oublies de rendre ce que tu reçois. Comme si t'étais objet d'amour, surtout, et de moins en moins sujet. Mais bon, comme la vie est bien faite, les coups dans la gueule, tu te les prends quand même, un jour. Quand finalement tu te mets à aimer quelqu'un, si ce quelqu'un t'aime pas comme on t'a toujours aimé gamin, tu considères que ça vaut pas la peine, que c'est même pas le début d'un amour, et tu fous tout en l'air, parce que dans ta p'tite tête, toi tu dois donner juste un peu et recevoir énormément, et que c'est pas comme ça que ça fonctionne dans la vie.

– Alors t'as fait comment ? C'était quoi, ta stratégie de défense ? Arrêter tout ? Ni sujet ni objet, c'est ça ? Plus du tout d'amour, c'est moins risqué, hein. C'est ça ton truc ?

Silence. Lisa ne sait pas très bien pourquoi elle a dit ça. Elle veut s'excuser, elle le regarde, il n'a pas l'air fâché.

– On peut voir ça comme ça, ouais. Par peur, peut-être, pour rester libre, je crois. C'est con, hein ?

Il se tait, baisse les yeux, et ajoute, très doucement :

– Jusqu'à toi, en tout cas.

Elle pense qu'il est fou. Ou qu'il lui fait une mauvaise blague. Elle se demande si elle a bien compris. Il paraît très sérieux, tout à coup. Une ride profonde sépare son front en deux, en diagonale, et donne un air asymétrique à son visage régulier. Elle le trouve très beau.

– C'est quoi ces conneries, là ? À quoi tu joues ? T'as pas besoin de me faire tout un plan tu sais, je me sens pas si mal que ça. Tu m'as rencontrée un soir où ça allait pas trop, mais sinon la vie est belle, t'as pas à t'en faire ! J'ai pas besoin d'être rassurée par un macho à la con qui est tout fier d'avoir joué l'épaule compatissante, pour une fois, au lieu de se sauter la première pétasse venue, OK ! Ça va, tu peux avoir bonne conscience, t'as été parfait, tu m'donnes envie de t'offrir les cafés, tiens, non vraiment, j'insiste, allez, merci pour tout, ciao.

Elle se lève en faisant tomber son verre d'eau.

– Et merde ! Désolée, monsieur, mais bon, apparemment le spectacle vous a plu, ça valait bien un peu de verre brisé, non ?

Tourbillon blond cendré. Alfred commande une pression, pour avoir le goût de sa couleur dans la bouche.

Le patron la suit des yeux dans un sourire, soupire et sert sa bière à Al qui ramasse les morceaux et concède, en relevant la tête, un air radieux sur le visage :

– Je sais, je sais, j'suis mal barré là.

– Al ? C'est moi, Lisa. Écoute, j'suis désolée, je sais pas trop ce qui m'a pris tout à l'heure. Je voulais pas être agressive, voilà, désolée quoi. Bon, ben... Ah oui, pour ton pull et tout, tu sais, tu peux me rappeler, ou alors je te les dépose demain en sortant du boulot, si tu veux pas... Enfin tu vois, t'as mon numéro. Salut... euh... Bonne soirée.

Lisa se sent d'une humeur bizarre, un peu furieuse contre elle-même. Grognon. Envie de bouder comme le font les enfants. Elle écoute *I Am Kloot.*

There's blood on your legs, I love you.

Elle laisse Nat lui laisser quatre messages, elle n'a pas envie de discuter.

Petite, on lui disait souvent qu'elle ne parlait pas assez, que c'était impoli de rester comme ça des heures sans ouvrir la bouche.

Plus grande, on lui a fait remarquer qu'elle parlait trop, qu'il ne fallait pas toujours tout dire comme ça, qu'être adulte c'était aussi savoir se taire, parfois.

Elle a compris, avec le temps, que les gens n'aiment ni le silence ni la vérité nue, et qu'entre les deux, les mots qui dérangent le moins sont ceux qui savent tourner autour du vrai, sans vraiment l'atteindre. Elle n'a jamais su trouver cet équilibre.

Elle s'est habituée, à force. Elle sait quand son silence

est interprété comme de l'indifférence, ou pire, du mépris ; quand sa franchise est assimilée à un jugement, sa spontanéité à une intrusion dans la vie des gens. Elle s'est protégée, comme tout le monde, en se répétant que celles et ceux qui ne la comprenaient pas n'en valaient pas la peine.

C'est la première fois qu'elle regrette à ce point sa maladresse, son emportement irrationnel. Elle aurait aimé dire à Al que la seule raison de sa colère était sa propre vulnérabilité de la veille. Elle aurait voulu qu'il se comporte en mec à la con, pour pouvoir décharger un peu de sa violence, extérioriser sa honte en lui faisant mal, lui faire payer le fait d'avoir été témoin de ses moments de faiblesse.

Il ne s'est pas comporté en mec à la con. Il ne l'a pas regardée comme une pauvre petite chose pathétique. Il n'a pas dit que pleurer en pensant à la séparation de ses parents à vingt-huit ans était ridicule ou puéril. Il lui a parlé doucement, il a répondu à ses questions, il s'est raconté de la façon la plus simple du monde, il…

– Allô Lisa ? C'est Al. T'es pas là ?

– …

– Bon, OK, alors ou t'es sortie ou tu veux pas décrocher. Si c'est ça, je comprends, personnellement j'aime assez écouter les messages sur mon répondeur, quand je suis chez moi. C'est vrai, on peut sentir l'autre se lâcher un peu, raconter des trucs qu'il aurait pas forcément dits dans la conversation. Bon, quoi qu'il en soit, je préfère penser que je fais un monologue, et que tu m'écoutes, plutôt que de m'imaginer soliloquer comme un con.

Lisa pense que c'est drôle d'employer ces grands mots. Elle rigole quand il dit « soliloquer comme un con ». Ne décroche pas.

– Écoute, voilà, je t'appelle parce que j'ai bien eu ton message, et y a aucun problème pour moi, vraiment, j'ai pas tout compris mais c'est pas grave, t'as tout le temps de m'expliquer… Ou pas, d'ailleurs, enfin, peut-être que t'as pas d'explications, je veux dire, c'est pas pour ça que j'ai envie de te revoir. Ni pour des explications ni pour mon putain de pull. Et… tiens, garde-le un peu, il te va pas trop mal. Si tu veux, on se refait la même demain, enfin, pas tout à fait la même, j'espère, et puis t'as intérêt à être cool avec mon pote Bernard, parce que si tu casses sa came à chaque fois qu'on boit un coup ensemble, il va pas t'avoir à la bonne… Bon, alors peut-être à demain, moi j'y serai en tout cas. Bonne nuit. Désolé pour les messages suivants, je pense que j'ai squatté toute ta bande… d'ailleurs, c'est très bien ça. Allez, bye.

Lisa éclate de rire, se repasse le message, une fois, deux fois, à la troisième elle le connaît par cœur et s'entraîne à légèrement insister sur les « r », comme lui. Elle sent le parfum abricot de ses cheveux, et se demande quelles sont les odeurs de sa peau.

Elle écoute Bebel Gilberto qui sent si bon le soleil, pour contredire la pluie qui s'est mise à tomber.

Elle sait que ce qui l'a énervée, aussi, c'est qu'il comprenne avant elle.

Le lendemain, Lisa a du mal à se concentrer sur la pile de scénarii qu'elle doit lire, annoter, classer. D'habitude ces bouts d'histoires la font s'évader ; aujourd'hui ils lui semblent seulement un peu fades. Elle se demande si Al écrit. Comment il écrit. S'il juxtapose les putains et les soliloques aussi sur le papier. Comme elle sourit d'un air un peu bête, et qu'elle oublie de déjeuner, son boss s'inquiète et lui demande si elle veut rentrer plus tôt.

Elle se demande pourquoi quand on a l'air heureux les gens pensent à un début de grippe.

Al est pile à l'heure, mais là encore elle l'a devancé. Il se dit qu'elle est la plus ponctuelle des jolies filles qu'il ait jamais rencontrées. Elle porte une écharpe rouge vif, elle a posé sur la table des gants vert foncé. Il pense qu'elle aime désassortir ce qui va ensemble. Comme lui. Il se demande si elle met les gants rouges quand elle porte l'écharpe verte. Il a quitté la boîte de production en disant à Boris qu'il allait retrouver son amour, dont il ignore encore le nom de famille.

– Ah ouais, c'est vrai, la fille aux fourmis. Eh ben mon vieux…

Dans ce regard qui se voulait seulement moqueur s'est glissée une lueur d'envie qui n'a pas échappé à Al.

– J'te raconterai.

Lisa sourit de le voir arriver essoufflé.

– T'es super à l'heure, c'est moi qui suis en avance. Mon boss a eu pitié de ma pauvre mine. Je suis contente de te voir.

– C'est pas si mal, hier t'étais contente de me reconnaître !

Il sourit aussi. Il la trouve plus belle encore qu'hier, il pense qu'il veut se réveiller à côté de sa pauvre mine tous les matins de sa vie.

– Tu bois quoi ?

– Une blonde, pression.

– Comme tes cheveux…

– Comment ?

– Non, rien, je déconne, fais pas attention. Alors ? T'as eu mon message ?

– Oui. Hmm. Un très joli monologue, je dois dire.

Al a envie de la demander en mariage sur-le-champ, et de lui promettre de lui faire une demi-douzaine de bébés.

– On n'en parle plus, OK ? Enfin, pas tout de suite, quoi, on a tout le temps.

Lisa pense qu'elle veut bien de ce temps-là, aussi longtemps qu'il lui plaira.

Ils parlent, se racontent, se cherchent, s'apprivoisent, se touchent, un peu, jusqu'à la fermeture, sous l'œil bienveillant de Bernard qui a déjà pardonné à celle qu'il a personnellement rebaptisée, à la troisième tournée.

– Lisa ? Qu'est-ce que c'est joli, tiens ! Comme la Monna Lisa, alors, hein ? Bon, ben justement, moi je t'appellerai Monna.

Ce soir-là, Lisa-Monna oublie ses gants vert foncé sur la table. Les mains d'Alfred ont pris leur place.

L'ENVERS DE LA MÉDAILLE

Dimanche pluvieux. Un an après

Alfred regarde droit devant lui. Il prend ses virages un peu vite. Lisa tourne la tête du côté droit. Le paysage défile sous leurs yeux indifférents. Cabrel chante *Octobre*, avec un mois de retard.

– Je peux savoir pourquoi tu fais la gueule depuis qu'on est partis ? J'ai raté un truc là.

– …

– Qu'est-ce que tu peux être chiante des fois mon amour, mon ange, ma vie, ma capricieuse, ma boudeuse d'amour !

Al espérait un sourire. Il n'a droit qu'à un regard dont la violence le réduit de nouveau au silence.

– Pourquoi t'aimes tant ma mère, hein ? Tu peux me dire pourquoi elle te plaît tant que ça ?

– Mais ça va pas ou quoi ? Qu'est-ce qui te prend ? J'aime bien ta mère, parce que… parce qu'elle est plutôt plus cool et moins coincée que les bonnes femmes de cinquante piges ménopausées divorcées que j'ai rencontrées, voilà pourquoi. Je comprends pas. Ça pose un problème ?

– …

– Lisa, ma belle, ça pose un problème ?

– Ben oui, ça me pose un problème, voilà.

Al éclate de rire.

– T'aurais préféré que je la déteste ? Qu'on s'entende pas ? Qu'elle te chuchote au téléphone « Quand est-ce que tu quittes ce bon à rien ? » dans mon dos ? Hein ?

– Mais non, bien sûr que non. Enfin quand même, tu la trouves pas un peu barge ?

– Excentrique, peut-être. Mais c'est pas désagréable. Barge, non.

– Ah ouais ? Et d'après toi, une mère qui appelle sa fille exactement comme elle, mais à l'envers, pour qu'elle soit toute sa vie réduite à n'être que son négatif, l'envers de sa putain de médaille, tu penses pas que c'est une mère un peu cinglée, toi ?

Al arrête la voiture, se gare sur le bas-côté. Il dévisage la femme qu'il aime plus que tout au monde. Abasourdi.

– Oh putain, Sally, Lisa, j'avais jamais connecté… C'est fou ça ! Mais pourquoi tu ne m'en as jamais parlé avant ? Je veux dire… C'est pas pour moi que c'est important, mais, vous deux, vous en avez parlé, un jour ? Elle t'a expliqué ?

– Vaguement. Je me souviens d'un soir, on était toutes les deux, son jules était sorti. Ils s'étaient engueulés, comme d'hab', et elle avait pas mal picolé, je crois. Je devais avoir une quinzaine d'années. Elle m'a fait le plan des confidences, tu vois, genre la mère déçue qui donne des conseils à sa fille, parce qu'elle sent bien, mais qu'elle n'ose pas demander directement. Tu sais, elle a pas l'air comme ça, mais elle peut l'être, coincée.

– Hmm. C'est une mère, quoi. Et toi, alors, t'avais quinze ans quand…

– Ouais, bref. C'est une autre histoire, ça. Donc, on tchatche, et puis elle en vient à me parler de sa mère à elle, et elle m'explique que Mamie-Do a toujours admiré les États-Unis, tout ça, que les trucs ricains pour elle c'était de l'or, que c'est pour ça qu'elle l'a appelée Sally.

– Pourquoi pas, remarque ? Aujourd'hui, le dernier truc branché c'est l'Amérique latine, non ? Moi qui te croyais pas chauvine pour un sou ; tu veux qu'on appelle nos enfants Marie et Nicolas ?

– Mais non ! Bien sûr que non. Je te parle pas de ça. Bon je reviens à mon histoire.

Lisa reste sur la défensive, mais son visage s'est ouvert ; Al reconnaît le début du sourire qu'elle cherche à dissimuler, mais qu'elle ne peut jamais vraiment lui cacher.

– Donc, voilà l'histoire de son prénom, et patati et patata. Et moi, là-dessus, je lui demande celle du mien. Normal. Mon père, lui, il m'avait toujours dit qu'il aimait toutes les chansons sur les « Lisa ». Pour mes douze ans, il m'avait fait une cassette avec *Sad Lisa* de Cat Stevens, *Lisa says* de Lou Reed, *Elisa* de Gainsbourg, *Les croquants*, de Brassens, bref, un truc super, quoi, j'avais adoré.

– C'est un poète ton père. Il t'aime presque autant que moi.

Le sourire est là.

– Hmmm. Bon, et ma mère me dit, comme ça, comme si elle tombait des nues : « Tu sais pas d'où vient ton prénom ? On t'a jamais raconté ? C'est incroyable ! » Je lui sors le coup des chansons, j'espérais une histoire romantique genre je suis tombée amoureuse de ton père en dansant là-dessus… pas du tout, et elle éclate de rire. En fait c'est elle qui a décidé, quand j'avais trois jours, de changer mon prénom. Au départ, ils s'étaient mis d'accord sur Jeanne. J'ai été Jeanne pendant les soixante-douze premières heures de ma vie. Et puis ça lui est venu d'un coup, il paraît qu'elle a dit qu'elle me sentait tellement proche d'elle, tellement identique, « comme une siamoise », qu'elle voulait me donner son prénom. Elle a voulu m'appeler comme elle.

– Et ton père, il a rien dit ?

– Si, c'est à lui que je dois de ne pas m'appeler Sally junior, ou une connerie de ce genre. Ils ont tranché sur l'inverse du prénom de ma mère. Sally, Lisa. Tu trouves pas ça dingue ???

– …

Al l'embrasse. Et redémarre la voiture. Il fait presque nuit.

– Non mais tu trouves pas ça dingue ????

– Si Lisa, je trouve ça un peu dingue.

Alfred se tait, Lisa aussi.

– À quoi tu penses ?

– Je pense que c'est bien de m'avoir raconté ça. Et je pense que ta mère a senti très tôt que tu l'aimerais jamais comme t'aimes ton père, et qu'elle a tout fait, quitte à te bousiller, pour te garder auprès d'elle.

– Peut-être…

Lisa regarde l'homme qu'elle aime plus que tout au monde.

– Comment ça se fait que tu trouves toujours les mots qui font que l'histoire est belle, finalement ? Hein, dis-moi, comment tu fais ?

– C'est parce que c'est ma vie qui est belle, depuis toi, ma Lisa.

Lisa dit « Pardon Francis » avec l'accent du Sud qu'elle imite mal, et met une cassette de Lou Reed.

And Lisa says on a night like this / It'd be so nice if you gave me a great big kiss / And Lisa says hey baby for just one little smile / I'll sing and play for you for the longest while.

Elle sourit, comme une gamine qui vient de faire une bonne blague.

– Si c'est pas du timing, ça !!!!

– Je t'aime ma Lisa, mon bébé Jeanne de trois jours.

– C'est moi qui t'aime.

En arrivant chez eux, au moment de tourner la clé dans la serrure, Al se retourne vers sa femme :

– Dis-moi mon ange, qu'est-ce que tu penses de Frédal, si on a une fille ?

Quelques secondes, et Lisa éclate d'un grand rire qui se poursuit jusque dans leur lit.

UNE JOLIE PETITE BOÎTE ROSE

Jeudi soir. Deux ans après

Alfred et Lisa ont fait les courses en profitant d'une nocturne. Ils aiment se bécoter dans les rayons, deviner ce qui ferait plaisir à l'autre, inventer la vie des gens en observant leur Caddie…

Quand Lisa hésite trop longtemps entre deux yaourts, ou se demande si cette fois elle aimera son jus d'orange pulpé, Al lui chuchote des mots cochons à l'oreille, et elle éclate de rire. Et si les p'tites vieilles du quartier les regardent d'un air soupçonneux, elle leur dit avec un clin d'œil : « Oh vous savez ce que c'est, les hommes, des promesses, toujours des promesses… »

À la caisse, ils saluent Roger, fier comme un coq dans sa basse-cour.

– Alors les amoureux, c'est quoi le programme, ce soir ? Et quand est-ce que vous nous faites des petits, hein ? Ils s'raient bien jolis, vos marmots ! C'est pas tout d'avoir passé la bague au doigt de la d'moiselle, faut se mettre au boulot maintenant !

Al répond qu'ils y travaillent assidûment en serrant dans ses bras Lisa qui rougit un peu.

Il pleut quand ils sortent. Al propose d'aller chercher des cigarettes chez Bernard, Lisa lui dit qu'elle le retrouve dans cinq minutes. Il s'arrête un instant pour la regarder marcher, on dirait qu'elle sautille, il l'imagine un instant petite fille, s'amusant à passer entre les gouttes, riant sous la pluie quand les autres grognent. Il arrive au bar-tabac trempé, les doigts sciés par les sacs plastique, le sourire aux lèvres.

– Tiens, salut Al, ça fait plaisir de voir quelqu'un d'heureux par ce temps de merde. T'as une bonne nouvelle à annoncer, ou quoi ?

– La bonne nouvelle, ça fait trois ans qu'elle dure, Bernard.

– Ah là là, qu'est-ce que c'est beau l'amour ! J't'en offre une, tiens, à la santé de ta Monna.

Quand Lisa les rejoint, mouillée et la mine tout aussi épanouie, elle leur trouve l'air conspirateur et réclame un verre en riant.

Chez eux, Lisa écoute les messages du répondeur qui clignote dans la pénombre. Il devine au ton de sa voix qu'elle rappelle Nat. Il chantonne, un peu ivre, il a très envie d'elle, il se demande s'il attendra d'avoir dîné ou s'il la prendra comme ça, à l'improviste, dans le salon. Il aime les odeurs de sa peau que la pluie réveille, il pense à ses cheveux mouillés qui couvriront presque ses seins quand elle sera nue, il pense à ses fesses refroidies par le jean humide, il veut plaquer son ventre tout contre son ventre, il bande très fort en pensant aux prochaines minutes…

Son œil s'arrête, accroché par un sac plastique. Pharmacie. Son cœur fait un bond. Une boule de bonheur lui monte jusque dans la gorge, il étouffe un cri, se raisonne, se dit qu'elle a sans doute voulu lui faire la surprise, qu'il doit faire comme si de rien n'était, il tremble, il veut la prendre dans ses bras, il compte dans sa tête, se concentre, combien de jours de retard ? Il est en nage, il est heureux. Un rire lui parvient du salon. C'est vrai qu'elle rayonne, ce soir. Il pense qu'elle en parle peut-être déjà à Nat. Un peu vexé, il se dit qu'il a quand même le droit de regarder, juste pour être sûr. Elle ne verra rien.

Il prend le sac, il se voit papa, il imagine Lisa avec son gros ventre et sait déjà qu'il la trouvera sublime ; il pense à la vie à trois, il sort une petite boîte rose, et pense mourir.

Minulet, trois plaquettes. Il a tellement de mal à respirer qu'il se demande comment il peut crier. Et pourtant il hurle.

– Lisa putain c'est quoi ce bordel !! Lisa, viens voir, tu peux m'expliquer ça putain de bordel de merde !!!!!! LISA !!!!!!

Il est blême, dégrisé et ivre de rage, sa main tremble en brandissant la petite boîte rose. Lisa arrive en courant, moitié inquiète, moitié furieuse.

– Non mais ça va pas ? T'es malade de crier comme ça, qu'est-ce qui…

Elle s'arrête net. Se met à trembler. Elle rentre ses épaules, se recroqueville, devient minuscule. Ses yeux vont et viennent, affolés. Al, la boîte rose, Al, la boîte rose. Aucun son ne sort de sa bouche. Al oublie presque sa colère tant elle se métamorphose sous ses yeux. Il ne reconnaît pas sa Lisa, elle a l'air d'une folle, elle ressemble à une petite fille avec un regard de vieille femme, il a envie de vomir.

– Tu… Tu peux m'expliquer ça Lisa ? Je comprends pas… qu'est-ce que… parle-moi putain…

Lisa regarde Al pleurer et secouer la tête, elle ne dit rien, elle reste là, immobile, le corps secoué de spasmes de plus en plus violents. Lentement, elle baisse la tête, tombe à genoux. Ses yeux gris-bleu se noient dans les larmes silencieuses. Elle dit, dans un souffle :

– J'ai pas arrêté la pilule, Al. Y a rien qui déconne depuis un an, ni chez toi ni chez moi. J'ai jamais arrêté. Je…

– Comment t'as pu… Pourquoi… Mais pourquoi t'as fait ça ? Comment t'as pu faire un truc pareil… Nous faire un truc pareil… Et moi tout ce temps je croyais, je pensais… Oh non Lisa, non, t'as pas fait ça…

Al se demande si un jour il pourra l'oublier. Il pense que c'est le deuil de quelque chose. Il a mal au cœur, au corps, au sexe, il se sent atteint au plus profond, il pense que la seule mesure de sa haine est l'amour qu'il porte à cette femme qui vient de le trahir.

Le hurlement de Lisa n'a rien d'humain. C'est un cri

de mort qu'elle pousse en se roulant par terre. Al ne fait pas un geste. Et, pour la première fois, Lisa pleure, vraiment, elle pleure en hurlant, elle pleure de toutes ses forces, comme l'aurait fait l'enfant qu'il voulait si fort, en tapant des poings et des pieds sur le carrelage, elle pleure longtemps, et elle s'endort là, par terre.

Al n'a pas bougé.

Quand Lisa se réveille le lendemain matin, elle est seule. Il est dix heures. Al a écrit quelques mots, d'une écriture qu'elle déchiffre à peine.

« J'ai appelé ton boulot, je leur ai dit que tu ne te sentais pas bien. Je rentre ce soir, j'aimerais qu'on parle, calmement. Que tu m'expliques. Al. »

Elle sait qu'Al n'a pas dormi de la nuit. Cendriers pleins, bouteilles vides… Elle a mal du mal qu'elle lui a fait. Elle pleure de nouveau, en silence. Elle pense qu'elle l'a perdu, que jamais il ne lui pardonnera, que c'est impardonnable, qu'elle vient de foutre sa vie en l'air. Elle veut écrire, mais les mots ne viennent pas. Elle a besoin de le voir, de lui parler. Elle attend son retour, sans rien faire, en pleurant, incapable de dormir, de lire ou de manger.

Quand elle entend la clé dans la serrure, elle a fumé deux paquets de cigarettes et bu plusieurs litres de thé, elle ressemble à une mort-vivante, elle a peur du son de sa propre voix.

Al s'est plongé toute la journée dans le boulot. Boris a compris que c'était grave, et qu'il n'était pas question d'en parler maintenant. Il lui a écrit, par mail, qu'il pouvait passer le week-end chez lui, tranquille, que lui serait chez Anita. Al éclate d'un mauvais rire en pensant à la dernière conquête de son ami, qu'ils avaient catégorisée cent pour cent pouffiasse, avec Lisa, lors d'un dîner à quatre la semaine dernière. Il se dit que c'est peut-être lui qui a fait fausse route, que Boris est bien plus peinard, à baiser des filles qu'il oublie quelques jours après la première nuit. Sous prétexte de vouloir construire, on se retrouve à poil, l'engagement, la confiance réciproque, les rêves d'avenir, tout ça revient à se rendre vulnérable comme un con, à la merci de l'autre, cet autre qui a le pouvoir délirant de tout foutre en l'air, avec cinquante grammes de couleur rose, à peine.

La journée dure des siècles. La lucidité prend le pas sur la colère.

Al sait que sa vie sans Lisa serait encore plus douloureuse. Il sent que l'amour qu'il éprouve pour Lisa sortira vainqueur, comme dans ces films à la con avec Meg Ryan, qu'il déteste parce qu'ils parviennent toujours à lui tirer une larme. Il veut seulement comprendre. Il veut qu'elle lui explique ces douze mois de mensonge, ces nuits d'amour trahies, ces rêves d'enfants qu'il faisait seul, il veut lui dire l'insoutenable humiliation, le sentiment d'avoir été trompé, la révolte de sa chair, le déni de ce dont il était si fier, de ce qu'il croyait partager.

Ils sont assis tous les deux face à face. Elle par terre, adossée contre le mur, lui sur le canapé.

Ils ont baisé là, avant-hier soir. Al se souvient d'avoir joui tellement fort qu'il était persuadé d'avoir réussi, cette fois-ci. Il avait dit à Lisa, haletante, transpirante, magnifique :

– Je le sens mon ange, là ça y est, j'en suis sûr, c'était trop bon, trop beau, quelque chose s'est passé.

Et elle avait répondu, dans ce rire rauque qui l'excitait tant, la voix enrouée d'avoir crié trop fort :

– Si c'est pas cette fois-ci, je veux bien qu'on réessaye comme ça tous les soirs, si tu tiens le coup !

C'était devenu une blague, comme un jeu, pour éviter de dramatiser. Bientôt douze mois… Lisa avait refusé de s'inquiéter, d'aller faire des examens. Elle disait qu'ils avaient le temps, que c'était la maladie du siècle, vouloir obtenir tout, tout de suite, et hop, pourquoi pas un bébé sur commande. Elle prenait la situation avec calme, et humour. Elle parlait de l'alchimie des corps, de la magie de la conception, imprévisible, incontrôlable. Al l'admirait. Lui avait d'abord cédé à la panique, doutant de tout ; elle l'avait apaisé, tendrement.

Côté sexe, Lisa avait, là encore, étonné son mari. Il la trouvait sage, il se jugeait impatient, immature. Au début, il n'avait plus osé s'aventurer dans certains de leurs jeux

« version hard », comme elle les appelait. Ce régime n'avait duré que quelques semaines : Lisa avait protesté, réclamant le retour de son « amant pervers, son obsédé de mari, son fou du sexe », tout en redoublant elle-même d'audace et d'imagination… Lisa disait qu'il avait toujours su dire « ma femme » et « ma pute » avec la même lueur magique dans les yeux. Qu'il n'y avait aucune raison pour que l'envie d'un enfant change quoi que ce soit.

Al s'était rapidement laissé convaincre, et fait pardonner sans peine. De soirées torrides en tendres matinées, ils faisaient l'amour, beaucoup, passionnément, sans penser au reste, et l'anxiété d'Al était balayée par l'inébranlable amour et les paroles rassurantes de sa femme.

C'était tellement facile, de rester calme, pense Al à la seconde où son regard croise celui de Lisa qui se perd, lui aussi, sur le canapé.

– Et la dernière fois, tu pensais à quoi, alors ? T'as pas eu envie de te marrer, en me voyant plein d'espoir, là, comme un con ? T'as pas eu envie de rire, hein, putain de merde ???!!!

– Al, s'il te plaît, je t'en prie.

– Quoi ? Tu veux que je sois cool, c'est ça ??? Tu veux pas que j'm'énerve, hein ? T'aimes pas quand je crie ? Ben t'as pas le choix, ce soir, j'ai comme envie de gueuler toute la putain de nuit, tu vois !!!!!!!

– Al, arrête, je t'en supplie, pas comme ça.

Ils se taisent, elle cherche ses mots, il lutte contre l'envie de lui rendre tout plus difficile.

– Je suis impardonnable, je sais pas comment j'ai pu faire ça, t'as raison, j'aurais dû t'en parler, j'aurais dû, je voulais… je voulais te dire, et puis c'était tellement dur, et t'étais tellement heureux, je… y a jamais eu le bon moment, tu vois, et puis plus le temps passait, plus j'avais honte… je me suis dit que j'allais l'arrêter, la pilule, que j'avais juste besoin d'un peu plus de temps, je me répétais ça tous les jours, et j'arrivais pas, je… je sais pas quoi dire

Al, j'ai tout raté, je sais bien, tu pourras jamais m'aimer encore, et j'ai tellement honte, tu peux pas savoir, et rien ne peut expliquer ce que j'ai fait, et… et j'ai peur Al, et je t'aime, et je sais pas quoi faire…

Lisa supplie du regard, elle a besoin de toucher Al, mais elle n'ose pas s'approcher, elle veut sa peau, son odeur, son cou, ses bras, mais comment faire ? À la pensée de ne plus jamais pouvoir s'endormir dans sa chaleur, elle est prise de tremblements, son estomac vide se rétracte, elle est aveuglée par la danse de taches blanches et noires, et elle se sent partir, sans même lutter contre l'engourdissement qui envahit son être. Un sursis.

Elle revient à elle, secouée comme une poupée de chiffon par les mains d'Al qui la maintiennent droite contre le mur, en la serrant par les épaules, fort, trop fort pour ne vouloir que son bien. Elle le laisse lui faire un peu mal, puis de plus en plus mal, recouvre ses esprits plus vite qu'elle ne le lui laisse croire, prend la douleur comme un cadeau, ouvre les yeux sur le visage de son mari, tout près d'elle, respire son souffle, aspirant tout, la rancœur, la colère, l'envie de frapper, l'incompréhension, et tout l'amour qui lui reste.

Quand elle se blottit dans ses bras, dans un sursaut, elle ne sait pas s'il va la serrer ou la rejeter, mais elle préfère prendre ce risque plutôt que de rester loin de son corps. C'est comme une décharge électrique. Al écarte les bras, lève les mains au-dessus des épaules marquées de leurs empreintes. Lisa reste là, épousant son torse, collant le maximum de sa peau contre l'homme qu'elle aime, et qu'elle a peur de perdre. Des minutes passent, dans un silence dont l'hostilité se dissout peu à peu. Lentement, les mains s'abaissent, les bras se resserrent, pour n'effleurer que les contours du corps abandonné de Lisa, immobile.

Al la respire, à son tour, s'emplit du chagrin, de la honte, de la souffrance cachée, de la peur, et de l'amour immense de sa femme. Puis, ses bras l'entourent totalement, et il la serre si fort qu'elle croit mourir, et pense « je revis ».

Ils restent là longtemps, par terre, serrés très fort. Lisa pleure doucement en répétant « pardon », et « merci », et c'est comme une douce chanson aux oreilles d'Al qui lui murmure que tout ira bien. Ils s'endorment, épuisés, heureux. Mais la peur au ventre en pensant au lendemain.

Ils se réveillent tard, s'embrassent maladroitement, préparent le petit déjeuner sans un mot, sous la douce voix d'Elliot Smith (« *XO*, c'est *THE* album pour les matinées de week-ends pluvieux, c'est comme Bob Marley quand il fait beau », avait décrété Al un matin ; Lisa espère lui faire plaisir en choisissant ce CD, se trouve ridicule, le met quand même).

Assis dans la cuisine, temple des discussions importantes, ils s'observent, tâtent le terrain, comme deux animaux qui se reniflent. Ils sursautent au bruit du toaster.

Al a saisi le beurre d'un air concentré. Lisa réalise qu'il est ailleurs en comptant le nombre de toasts qu'il prépare… Il en est à huit, quand il relève la tête et croise son regard, alors qu'ils n'en mangent jamais plus de deux chacun. Elliott Smith chante.

I'm never gonna know you now / But I'm gonna love you anyhow.

Elle décide qu'elle doit commencer, et sourit de ressentir tant de trac, et d'entendre trembler sa voix quand elle se lance.

– Al, je vais t'expliquer, enfin… je vais essayer. Je cherche pas à minimiser les dégâts, je sais que ce que j'ai fait est terrible, que c'est comme un mensonge en pire, et un mensonge de tous les jours, et qu'en plus ça touche un des trucs qu'on fait le mieux, tous les deux, et…

– Tu veux bien en venir au fait, s'il te plaît, les petites allusions pour alléger l'atmosphère, je suis pas d'humeur, là tu vois.

– Je faisais pas d'allusions à la con pour…

– Lisa, putain, merde ! Explique-toi, c'est tout ce que j'te demande, OK ?

– D'accord, d'accord. Je t'explique.

Lisa pense que ce sont les minutes les plus difficiles de sa vie. Peut-être les plus essentielles.

– Al, j'ai eu peur. J'ai eu trop peur. J'aurais dû t'en parler tout de suite, mais tu nous faisais vivre un conte de fées, j'ai pas voulu casser le rêve, j'ai…

– Ah ouais ? Ben tu vois, c'est fou comme finalement on peut s'planter, hein !

– Je sais, je sais, je l'ai cassé, le rêve, je l'ai pas protégé, c'est moi qui l'ai brisé en mille morceaux.

Silence.

– J'avais peur que tu m'aimes plus, que tu m'aimes moins, que tu te barres, qu'on se quitte. Je te voulais pour moi, tu comprends, pour moi seule. On est tellement bien, là. Je sais pas si je peux te partager, Al, et un enfant, tu vois, ça partage pas, ça prend tout. Je supportais pas l'idée. Je me suis dit que, peut-être, avec un peu de temps, j'aurais envie, ou…

– Ou que moi j'abandonnerais l'idée, c'est ça ? Tu pensais que si ça marchait pas tout de suite, j'arrêterais de te parler d'enfant ?

– Je sais pas, peut-être, oui. Je sais pas…

– Lisa, t'as une idée de ce qui me pousse tellement à vouloir un bébé, aujourd'hui, alors que jamais je ne me suis imaginé en père ? Tu sais pourquoi ?

– …

– Parce que je t'aime à la folie, putain ! Parce qu'à la pensée d'avoir un enfant de toi, je me sens invincible, que de voir pousser un petit bout de toi et moi, un bébé de notre amour, je me dis que la vie peut pas être plus belle, que je serais l'homme le plus heureux de l'univers ! Parce que ma famille c'est toi, c'est rien que toi Lisa, et que je veux construire cette famille, pour nous, et que… que c'est toi la mère de mes enfants, que je t'aimerai toujours, que l'amour que t'as pour un enfant, tu le prends pas sur l'amour que t'as pour ta femme, c'est un truc qui vient d'ailleurs, et quoi qu'il arrive personne ne pourra enlever le quart du centième de l'amour que j'ai pour toi, Lisa, bordel, tu vois pas comme je t'aime ! Rien peut changer ça, tu comprends ? Même tes putains de conneries ça change pas ça… (Al sèche ses larmes d'un revers de la main.) Et merde, voilà, je pleure comme toi, maintenant, tu fais chier Lisa, tu fais chier.

Lisa se précipite sur ses genoux, caresse son visage, plonge le sien dans son cou, embrasse les paumes de ses mains chaudes.

– Pardonne-moi Al, je sais pas pourquoi j'arrive pas, j'arrive pas à être sûre, pourtant tu me le dis, je vois bien que tu m'aimes vraiment, que personne m'a jamais aimée comme ça… Pour moi un enfant c'est la fin de tout, alors que c'est tout l'inverse, je sais, et tu serais un papa exceptionnel, et moi en maman je me dis que, ouais, peut-être que je me débrouillerais pas si mal, avec toi à côté, alors, je sais pas pourquoi ça reste là coincé, et…

– Lisa, il faut que tu parles à ta mère.

Lisa s'est raidie.

– Qu'est-ce qu'elle vient foutre là, ma mère ?

– Tu vois vraiment pas, hein ? Tu sais pas ce qui se passe dans ta p'tite tête, ma belle. Il faut que tu règles cette histoire avec elle, c'est tout. Que vous parliez, vraiment, une bonne fois pour toutes.

Lisa se lève, retourne s'asseoir, boit une gorgée de café froid en faisant une grimace. Le mauvais goût reste dans sa bouche. Amertume.

– Al, écoute, je sais bien que pour toi y a un tas de trucs qui viennent des parents, et tout, et c'est vrai que souvent t'as pas tort là-dessus, mais là c'est de nous qu'il s'agit, pas de ma putain de mère. J'ai rien à lui dire.

Al se lève et remet de l'eau à chauffer. Il tourne le dos à Lisa. Elle regarde ses épaules qu'elle aime tant, elle voudrait que ça s'arrête, là.

– Tu sais, y a un truc qui est fou, quand même. Tu te souviens, le soir où on s'est rencontrés, je t'ai dit que j'étais tombé amoureux de toi en une seconde. En une phrase, en fait. Tu te rappelles ?

– Al, tu sais très bien que j'avais trop bu, ce soir-là, j'étais complètement schlass, et non, je me souviens pas de ce que j'ai pu te raconter ce soir-là. J'étais triste, OK, je suis toujours un peu triste à cette époque, c'est tout.

– T'étais triste parce que c'était l'anniversaire du jour de la séparation de tes parents, Lisa. Et moi je me souviens très bien de cette phrase, elle m'a marqué, tu vois, et tu m'en as jamais reparlé depuis, jamais comme ce soir-là.

– …

– Tu m'as dit : « Il y a exactement dix-huit ans, mes parents se sont séparés parce que j'avais tué des fourmis. »

Lisa se tait. Al s'est retourné, il la regarde avec tellement d'amour dans les yeux qu'elle en frissonne.

– C'est ton histoire, Lisa. Tu crois encore que tes parents se sont quittés à cause de toi. T'es persuadée que c'est de ta faute, que sans toi, ils se seraient aimés toute leur vie. C'est des conneries, Lisa. Et j'en veux à ta mère, je lui en veux de son silence. La vérité, c'est qu'elle avait cessé d'aimer ton père, que plus elle le voyait s'accrocher, moins elle tenait à lui, et qu'à la fin ça devait pas être beau, ça c'est sûr, mais que t'avais rien à voir avec ça. C'est de ça qu'il faut que tu parles à ta mère, tu comprends. Il faut qu'elle t'explique, pour que t'arrêtes de te sentir coupable. Tant que tu te sentiras responsable, tu pourras pas avoir d'enfants. Et c'est bien au-delà d'une putain de boîte de pilules.

Quand Lisa explose, Al l'écoute à peine. Il sait que, le chagrin passé, elle appellera sa mère. Il pense que rien n'est perdu.

– Mais putain qu'est-ce que t'en sais, toi, hein ! Qu'est-ce que tu connais à la vie de mes parents ? D'où tu la sors, là, ton histoire ? Je te demande, moi, pourquoi t'as tant envie d'un môme ? Pourquoi il ne se passe pas un putain de jour sans que tu me parles de gamin, depuis qu'on est ensemble ? Tu veux être le père que toi t'as jamais eu, c'est ça ? Tu veux donner à ton gamin tout ce qui t'a manqué ? Eh ben c'est pas terrible non plus, si tu veux mon avis, tu devrais peut-être en parler à ta mère, tu vois.

Al ne dit rien. Ses yeux continuent de briller de cette même flamme, comme une fièvre qui fait du bien.

– Et puis, c'est vrai que c'est à cause de moi que tout est arrivé, ce soir-là. J'en pouvais plus de les entendre s'engueuler tous les soirs à voix basse, et regarder ma mère mépriser mon père à ce point, pour faire comme si de rien n'était devant moi le lendemain matin. Comédie du bonheur de merde ! J'en pouvais plus, alors un soir j'ai pété les plombs. Ma mère m'avait dit des trucs à la con, comme quand un parent fait la morale à son gosse, parce qu'elle trouvait que c'était pas bien de bousiller des fourmis, que c'était cruel. Et moi, dans ma tête, quand j'ai entendu son p'tit discours de merde, j'ai pas pensé aux fourmis une seule seconde, j'ai pensé à nous ! J'ai pensé au mal qu'elle nous faisait, à mon père qui avait l'air plus malheureux chaque jour, et ça collait tellement bien, tu peux pas savoir, c'est comme si on m'avait envoyé un signe, ou je sais pas quoi. Alors au dîner, j'ai répété ce qu'elle m'avait dit, à propos des fourmis. J'ai répété chaque mot, et tout était si vrai, j'ai même pas eu à modifier quoi que ce soit. Je m'en souviens encore. J'ai dit : « C'est très cruel, ce que tu es en train de faire, tu sais ? Tu comprends, un élément qui se barre et c'est tout l'édifice qui s'écroule, hein ! Tu peux pas tout broyer comme ça parce que t'en as envie, c'est injuste. Réfléchis avant de détruire. » Et ce soir-là, c'était la fin, c'est la dernière fois que mon père a dormi à la maison. Alors tu vois, bien sûr que c'est à cause de moi… bien sûr que c'est ma faute…

Al a pris Lisa dans ses bras et la berce, doucement. Il la porte jusque dans leur chambre, la pose sur leur lit, et met la cassette des chansons de Lisa, celle que son père lui a offerte pour ses douze ans. Il reste là, à la regarder s'endormir, en caressant ses cheveux blond cendré.

Il s'endort à son tour.

She hangs her head and cries on my shirt / She must be hurt very badly / Tell me what's making you, Li ? Lisa Lisa, sad Lisa Lisa.

Lundi matin, Al se réveille avant la sonnerie du réveil. Il met *We three* de Patti Smith. *Repeat.* Et disparaît sous la douche. Lisa a envie de le tuer, mais sait que c'est de bonne guerre.

Dimanche est passé comme un mauvais rêve, brumeux, marécageux. Elle ne se souvient pas d'avoir prononcé le moindre mot. De l'avoir touché. Ou d'avoir été touchée. Deux automates qui retiennent leur souffle. Elle ne veut plus jamais ça.

Elle soupire, cherche « Sally » dans les « S » de son carnet d'adresses, se dit qu'elle n'a jamais réussi à retenir son numéro par cœur, elle qui se targue d'avoir une mémoire d'éléphant. Pense qu'elle n'a pas inscrit ce numéro dans les « M », pour « Maman ». En composant les huit chiffres qu'elle oubliera aussitôt, elle chantonne « *Sally can't dance no more* », pour couvrir la voix de Patti Smith qui n'en finit pas.

– Allô maman ? C'est Lisa. Désolée, il est un peu tôt, j'te réveille pas ?

– Ma p'tite poulette ! Mais non tu ne me réveilles pas, tu sais bien que je suis incapable de dormir après sept heures ! C'est gentil d'appeler, dis. Comment ça va mon trésor ?

– Ça va pas. Il faut que j'te parle maman, c'est important.

– Mais qu'est-ce qui se passe ma puce ? C'est grave ? Tu sais que tu peux tout me dire, hein ! Qu'est-ce qui ne va pas ?

– Non, je vais passer te voir, j'crois que ça prendra un moment. Je peux venir ce soir ?

– Ce soir ? Ah bon… mais oui, bien sûr, pas de problème, passe quand tu veux mon cœur, moi je bouge pas. Tu sais, de toute façon, pour ce que je fais de mes soirées… Enfin, je veux dire, je suis toujours contente de voir ma fille chérie.

– Ouais, ouais, OK, je suis là vers vingt heures, allez à tout'.

Lisa raccroche sans entendre sa mère lui dire qu'elle l'embrasse. Elle se demande comment la jeune femme qui semblait si douce sur les photos des vieux albums a pu devenir celle qui lui fait tant de mal, dès qu'elle ouvre la bouche. Elle s'interdit de penser à ce soir.

Al sort de la douche. Il l'observe. Il a entendu qu'elle parlait à quelqu'un au téléphone. Il devine qu'elle a appelé Sally, à sa façon de se tordre nerveusement les mains. Il réprime un élan de tendresse.

– T'es prête ? On part ensemble ?

– OK, j'arrive.

Lisa lui a répondu en détournant les yeux. Elle se sent coupable, elle lui en veut, elle l'aime, elle a peur. Elle donnerait n'importe quoi pour tout effacer.

Cette nuit, pour la première fois en trois ans, ils ont dormi sans se toucher, chacun recroquevillé de son côté du lit.

Quand Lisa a passé sa main au milieu, aux premières lueurs du jour, cherchant de ses doigts fébriles un bout de peau, une odeur, elle a senti le drap frais, comme inhabité. La chaleur du corps d'Al lui a semblé trop loin. Des larmes glacées ont coulé tout le petit matin.

Dix-neuf heures trente, heure de pointe. Lisa regarde les gens monter et descendre, se laisse engourdir par la chaleur étouffante et familière du métro. Comme une odeur qui n'a rien d'agréable, mais qui rassure. Douze stations, ligne 9. Elle serre les poings de douleur, de rage. Douze mois de mensonge. Neuf mois qui auraient fait leur bonheur.

Elle a marché sous la pluie jusqu'aux Grands Boulevards, croisé dans la foule trop de couples amoureux et de femmes enceintes. Elle qui n'imaginait les ventres arrondis qu'en été, moulés dans de jolies robes marinières, un large foulard en guise de ceinture, elle guette et remarque la moindre bosse sous les imperméables et les manteaux dont les boutons menacent de sauter à chaque mouvement. Ces femmes ne marchent pas, elles glissent, couvées par les regards émerveillés de leur compagnon, portées par les sourires bienveillants des passants ; et celles qui marchent seules trottinent joyeusement, impatientes de retrouver l'heureux papa.

Lisa se sent seule, et moche, et conne. Personne ne la regarde, personne ne lui sourit, personne ne lui tient la main.

Elle s'engouffre dans la rame, soulagée, presque. Là, en bas, au moins, elle croisera le regard d'autres âmes en peine. Le monde souterrain a ceci de terrible et de réconfortant qu'on y trouve toujours plus malheureux que soi.

Richelieu-Drouot. Lisa serre son Discman contre son ventre. Un cadeau d'Al, un bout de lui. Elle appuie sur *play*. Fiona Apple sublime sa souffrance et aiguise la sienne, elle s'assoit sur le strapontin près de la sortie, dans le sens inverse de la marche. Quitte à avoir mal au cœur…

Chaussée-d'Antin. Des grappes de jeunes filles surexcitées parlent fort en agitant leurs mains et leurs cheveux, et Lisa devine qu'il s'agit de leurs cours, de leurs mecs, du petit haut pas si cher que ça dont elles rêvent, du dernier film qu'elles ont vu et adoré malgré les mauvaises critiques, du prof d'éco supersexy. Elle jette un œil aux costumes gris-cravates plus ou moins bon marché, *Le Monde* dépassant des attachés-cases, qui feignent l'exaspération tout en glissant des regards connaisseurs vers les formes jeunes et fermes. Elle monte le son, prise d'un vague dégoût.

Havre-Caumartin. Fiona murmure. Le piano gronde comme un torrent en colère.

Please forgive me for my distance / The pain is evident in my existence / Please forgive me for my distance / The shame is manifest in my resistance / To your love, to your love, to your love.

Saint-Augustin. Lisa croise le regard d'un homme à l'allure de trentenaire, au visage de vieillard, dont les mains et les lèvres tremblent. Il parle seul, comme s'il sanglotait. Sa peau est devenue grise sous le poids du chagrin. Elle pense qu'elle aurait cet air-là, si Al la quittait.

Miromesnil. Elle se demande ce qu'elle va foutre chez sa mère. Elle hésite, pense à rentrer, inventer quelque chose, une excuse, n'importe quoi. Elle se demande depuis quand le mensonge est devenu la solution naturelle à tous ses problèmes.

Saint-Philippe-du-Roule. Elle se raisonne. C'est bien d'aller parler à sa mère. Elle doit savoir ce qui s'est passé entre ses parents. Elle en a le droit. Elle en a besoin, pour sa vie à elle, aujourd'hui.

Franklin-D.-Roosevelt. Elle baisse le son. Les femmes semblent moins fatiguées, leurs tailleurs plus élégants ;

elles sont coiffées, maquillées, liftées avec goût et discrétion. Les jeunes sont assis sagement, ils se tiennent droit, ils vont jouer au tennis indoor, ils parlent du dernier film qu'ils ont vu et détesté, les critiques avaient raison. Les cravates sont chic. Les regards moins directs. Les gens changent, au gré du trajet. D'habitude, avec Al, elle s'en amuse. Ce soir ça lui donne envie de vomir.

Alma-Marceau. Fiona chante, et Lisa n'est pas d'accord.

I wouldn't know what to do with another chance / If you gave it to me / I couldn't take the embrace of a real romance / It'd race right through me.

Lisa la veut tellement, sa seconde chance.

Iéna. Un vieux dégueulasse lui adresse des sourires dégueulasses, et Lisa lui demande trop fort, assourdie par la musique : « Y a un problème, monsieur ? Vous voulez me demander quelque chose, faut pas vous gêner, si vous avez besoin de quoi que ce soit, j'ai que ça à foutre moi ce soir, passer un peu de bon temps avec les gros satyres dans votre genre ! » Elle descend et remonte immédiatement dans le wagon d'à côté, sans jeter un regard au pauvre type cramoisi.

Trocadéro. Fou rire nerveux en pensant à ce qui vient de se passer. Jamais Lisa n'avait sorti pareille tirade. Elle pense qu'elle a bien fait, qu'il faudra qu'elle le raconte en détail à Al, qu'il sera fier d'elle… Les larmes tombent, doucement.

Rue de la Pompe. Lisa se secoue, elle sera chez sa mère dans une dizaine de minutes. Elle se frotte les yeux, pense à ce qu'elle va lui dire, à la meilleure façon d'aborder le sujet… À un verre d'alcool fort.

La Muette. Elle descend au dernier moment, brutalement, comme ces voyageurs épuisés qui se sont endormis, bercés par les bruits et les odeurs, et qui ouvrent les yeux dans un sursaut, à la sonnerie.

Elle est dehors. Elle prend le froid comme une gifle, son visage se fige, glacé. Mais la pluie a cessé.

Lisa rentre tard. Épuisée. Elle espère secrètement qu'Al dort. Tim Hutton chante son vague à l'âme, comme un murmure quand elle passe le premier étage. Beaucoup trop fort au quatrième.

I've been a fool / I had a temper that was not so cool / I lost my mind and broke the golden rule / Things that just can't be forgiven.

Ses yeux la piquent un peu, mais toutes les larmes ont déjà coulé, ce soir.

Al ne dort pas.

– Salut.

Deux syllabes qu'il voulait transparentes. Qui transpirent sa colère revenue, la rancœur qui reprend le dessus, le sentiment, mêlant la honte et la rage, d'avoir été floué. Lisa n'a pas la force. Elle baisse les yeux. Elle baisse les armes. Dormir, essayer de faire le vide. Dormir.

Mais Al n'a pas sommeil.

– Alors ? Tu m'racontes pas ?

Lisa le rejoint dans la cuisine, d'où lui parvient cette voix sourde, méchante presque, qu'elle ne reconnaît pas. Elle se laisse tomber sur une chaise, sans même s'être débarrassée de son lourd manteau, refuse d'un signe de tête la bière, accepte en revanche le joint qu'Al rallume et lui tend.

– C'était pas très drôle, ni pour elle ni pour moi. Et t'avais raison. Voilà.

Al s'en veut de sentir fondre son ressentiment. Le visage de Lisa est comme brouillé, mouvant. Il lutte contre l'envie de la prendre dans ses bras. Mais sa voix se fait plus douce.

– Et... Ça t'a aidée à y voir plus clair ? Tu comprends un peu mieux...

– Je comprends rien du tout, Al. J'y vois que dalle, là. Faut que je dorme.

– Ah... Bon. Comme tu veux. Moi je reste un peu, si ça te dérange pas.

Lisa est presque soulagée de s'endormir sans lui. La distance entre leurs deux corps lui fait l'effet d'un poison lent. Elle préfère sombrer seule.

– Je vais baisser un peu la musique. Ah oui, j'ai oublié de te dire, t'inquiète pas si je me lève pas demain matin, j'ai pris ma journée.

Al voudrait dire autre chose, mais les mots ne passent pas. Il se dit qu'il a présumé de ses forces. Folle prétention que d'avoir cru pouvoir pardonner si vite. C'est à son amour qu'il a si mal. Il faudra du temps.

Il est trois heures du matin passées, quand Al rejoint Lisa. Il trouve un mot sur son oreiller. S'endort en regardant sa femme plongée dans un sommeil tourmenté.

« Mon amour, c'est trop compliqué dans ma tête, on en parlera plus tard. Mais je veux que tu saches : c'était bien d'aller parler à ma mère. C'était difficile, mais c'était bien. Elle m'a dit qu'elle avait cessé d'aimer mon père, lentement, petit à petit, et puis un jour complètement, elle a essayé de m'expliquer pourquoi, mais je crois qu'elle-même n'arrive pas trop bien à comprendre, enfin elle m'a dit que je n'avais rien à voir dans leur séparation, qu'elle était désolée, elle a beaucoup pleuré, surtout quand je lui ai dit qu'au fond de moi je m'étais toujours sentie responsable. Je ne lui ai pas raconté le reste. Je t'aime, passe une bonne journée demain. Lisa. »

Ni Lisa ni Alfred n'avaient imaginé que tout s'arrangerait vite et bien. Que ce serait facile. Mais ni l'un ni l'autre n'avaient prévu ces semaines de cauchemar. Une certitude commune les faisait tenir : ils s'aimaient. Plus que le reste, malgré le reste, ils s'aimaient, d'un amour qui « fait franchir les montagnes », comme on dit dans les livres pour enfants.

Lisa en avait parlé à Nat, qui n'avait pas compris ; qui avait pleuré, beaucoup. Nat, à qui il avait fallu une longue semaine avant de pouvoir consoler sa meilleure amie, tant elle voulait cet enfant pour eux.

Alfred avait tout raconté à Boris, qui refusait depuis ce jour de voir Lisa. Il lui en voulait. Il disait qu'elle avait brisé un rêve. Al pensait que cet enfant qui n'était pas venu avait été encore plus désiré qu'il ne l'avait imaginé.

Seul Alex avait offert épaule compatissante et écoute bienveillante, dès le début, sans compter. À Lisa, en ami véritable. À Alfred, certains soirs plus noirs que d'autres, quand il débarquait à l'improviste, saluant Nat d'un vague signe de tête, cherchant sans se l'avouer le réconfort du confident de sa femme. Pour se rapprocher d'elle, sans trahir sa souffrance. C'est à Lisa qu'il parlait, ces longues soirées d'alcool plongées dans d'épaisses fumées blanches, Alex le savait, comme il savait écouter sans rien dire.

Les autres voulaient bien faire, mais n'étaient au courant de rien, et multipliaient les maladresses ; bientôt, lassés de se heurter à une souffrance demeurée sans explications et devenue impudique, ils avaient déserté. Sans que Lisa ou Alfred ne les retiennent ni ne leur reprochent.

Lisa et Alfred se parlaient peu, dormaient loin, ne faisaient plus l'amour.

Leurs premières tentatives s'étaient soldées par un échec si cruel, pathétique, que la seule pensée de les renouveler leur donnait à tous les deux la chair de poule. Alfred s'était écroulé en sanglots, en passant la main sur le ventre plat de Lisa, comme il avait l'habitude de le faire, avant. Il s'était enfui dans la salle de bains, mortifié, le sexe triste. Puis il s'était suffisamment enivré avec Boris pour violemment désirer Lisa et oublier le reste, et c'était elle qui n'avait pas pu se soumettre à cet élan vengeur. Il lui avait fait peur, elle s'était raidie, avait détourné le visage sous ses baisers qui sentaient la rancœur et l'alcool, et fermé les yeux. Al s'était écarté, furieux, et le venin de son regard sur elle l'avait fait fuir jusque chez Nat et Alex.

Chaque jour, Al se demandait s'il parviendrait à pardonner à Lisa. Chaque jour, Lisa tremblait de voir Al la quitter. Elle préférait vivre mille enfers à ses côtés plutôt qu'un mois sans lui. Pourtant, un matin, il lui annonça qu'il s'installait chez Boris, pour une semaine ou davantage. « Pour faire le point. » Elle accepta, sans un mot, coupable de tout, jusqu'au bout. Elle savait que c'était leur dernière chance. Elle le remercia en silence, en souffrant de tout son être d'avoir ce courage. Et pria au hasard un dieu auquel elle n'avait jamais cru.

ALFRED SANS LISA

Une semaine sans Lisa. Chaque nouveau jour est pire que le précédent, les nuits n'en finissent pas. Rien ne s'arrange. Alfred se débat, fume, boit, traîne dans les bars et les quartiers chauds, erre, croit voir Lisa cent fois, bouscule des inconnues, s'accroche à des manteaux, écoute en boucle les chansons les plus tristes de Brel et Barbara, répète à Boris qui le regarde, impuissant, que seuls les grands torturés, les vrais écorchés, peuvent comprendre son désespoir, lui demande pardon d'être devenu si con et le serre dans ses bras, pleure à chaque fois qu'il tombe sur de jeunes parents et leur enfant, aborde les femmes enceintes dans le métro, regarde des reportages sur la maternité, « Comment bien vivre votre grossesse », « Comment bien vivre l'après-grossesse »… Il pense devenir fou, et les regards qu'on lui jette lui confirment qu'il fait peine à voir ; ou peur.

Et il hait Lisa, un peu plus encore, de respecter leur accord, et de ne pas avoir appelé.

Samedi soir, c'est Boris qui l'appelle sur son portable, bien décidé cette fois à le sortir, dans l'espoir plus ou moins conscient de lui faire retrouver la raison, et son chemin.

– Allez, putain, amène-toi Al, ça va te faire du bien, j'ai un superplan là.

– Ouais, j'sais pas trop tu sais, j'suis pas vraiment

d'humeur ces derniers temps tu sais… Déjà qu'en temps normal, samedi soir…

– OK, bon, d'accord, mais tu fais quoi là ? Tu peux me dire que t'es bien là où t'es, en ce moment, sans me mentir, hein ?

Boris marque un point. Al se sent miteux, seul, désespérément prévisible, et déjà ivre. Il noie son chagrin dans l'alcool, triste stéréotype du héros d'une série B, accoudé au bar d'un café qui ferme dans une heure, dans un quartier qu'il connaît peu.

– J'arrive Boris, t'as gagné. Donne-moi l'adresse, j'te rejoins.

– Tu vas pas être déçu mon pote, j'nous ai dégoté deux pouffiasses, tout à fait le genre que tu aimes, tu sais, à la Marie Gillain dans *L'Appât*, elles se trémoussent déjà, tu l'regretteras pas. À tout de suite !

Alfred sent vaguement qu'il va regretter ce qu'il est sur le point de faire. Mais le dernier verre avalé, ses doutes s'envolent dans un épais brouillard dont il décide de ne pas revenir, pour ce soir. À tout hasard, il compose leur numéro, à la maison. Voix sur le répondeur. « Qu'elle aille se faire foutre », marmonne-t-il en réglant l'addition, face au patron qui l'approuve.

Boris semble déjà passablement éméché quand Alfred le rejoint dans un bar branché, rive gauche. Suffisamment chic pour attirer ceux que le mot « glamour » fait rêver, assez « canaille » pour émoustiller une jeunesse locale bourgeoise et blasée. Les « pouffiasses » en question sont jolies, trop maquillées et « sapées » pour pouvoir plus ou moins rivaliser avec l'actrice du film de Tavernier – « Toi pour Marie, moi pour Olivier », avait dit Lisa le soir de la rediffusion télé… Vingt, vingt-deux ans, maximum. Il a connu Boris plus audacieux dans ses choix ; ce soir, c'est du tout-cuit. Un pincement au cœur, et il se dit que c'est sans doute une attention maladroite de son ami, pour lui redonner le moral. Il se sent encore plus con qu'une heure auparavant, dans son bar glauque.

La dernière compilation R & B du moment, à fond, élimine toute tentative de discussion – ce n'est pas plus mal. Alfred se concentre sur le son, les formes et les couleurs. Il reconnaît le *It wasn't me* sucré de Shaggy, qui avait tant fait rire Lisa la première fois qu'elle l'avait écouté.

Les deux filles, Chloé-la-blonde et Emma-la-brune, gesticulent bêtement pour tenter de rester dans le rythme, et avalent des cocktails aux noms d'îles paradisiaques qui s'enchaînent, eux aussi, en boucle. Elles ont l'air ravies, n'arrêtent pas de parler, jettent des regards admiratifs à Boris, intrigués vers Al.

Ira-t-on aux Bains-Douches ? Al proteste, mais Boris lui glisse à voix basse, d'un air entendu :

– Attends, elles en rêvent les filles, je sais, ça paraît con, mais elles ont le clito qui frétille rien qu'à l'idée, allez…

– Putain Boris, t'es en plein délire là ! Les Bains ???? Un samedi soir ????!!! T'es pas sérieux.

Plus fort, d'un air joyeux :

– Allez les filles, Al est partant, il est fou d'joie, c'est comme si on y était !

Emma, la brune, demande à Alfred s'il a gardé un mauvais souvenir de l'endroit, espérant glaner au passage une anecdote croustillante.

– Oh non, tu sais, les Bains, moi j'adore, c'est tellement ringard que ça pourrait même redevenir à la mode.

Il pense que Lisa aurait détesté l'entendre, qu'elle aurait dit un truc comme : « Allez, fais pas ton mec désabusé à la con et revenu de tout, ça te va pas du tout. »

La fille perçoit l'humour plutôt que le cynisme, éclate poliment d'un joli rire, et prend la main d'Al dans la sienne en sortant du bar. Il se laisse faire, en se demandant pourquoi.

Chloé termine une brève discussion, pendue à son téléphone portable : « Ben là on va prendre un verre aux Bains, après, j'sais pas trop c'qu'on fait… OK, à plus ! » Boris passe une main sur ses jolies fesses qu'un bout de tissu noir mat ridiculement minuscule recouvre, à peine, et moule, parfaitement ; elle lui sourit, radieuse.

Tellement fières qu'elles en deviennent touchantes.

Une fois arrivés, et passés devant la foule fébrile de la rue du Bourg-l'Abbé, grâce aux connaissances de Boris – ses innombrables et éclectiques connexions sont toujours demeurées un mystère pour Al –, ils entament consciencieusement la deuxième partie de la soirée : boire, pour Alfred, se trémousser et mater en se faisant mater le plus possible, pour les filles, un peu de tout ça à la fois pour Boris.

Emma n'a pas lâché d'un centimètre la paume moite d'Alfred qui se sent de moins en moins à l'aise. Il tente un « j'ai plus vraiment l'âge » qu'il trouve nul, sans pour autant le regretter. Mais les yeux brillants de sa brune compagne lui parlent d'autre chose, fixés sur ses lèvres sans tenter de comprendre les quelques paroles qu'il prononce. Ivre mais pragmatique, il ne se préoccupe plus que de l'articulation correcte des mots « vodka orange ».

Une heure passe au milieu des corps humides qu'Al ne distingue plus, au son d'une musique dont il perçoit vaguement le rythme. Il reconnaît *Let me blow your mind*, comme une bonne surprise.

Il pense qu'il est temps de rentrer, cherche des yeux Boris et Chloé qui ont disparu depuis un bon quart d'heure. Invente un début d'excuse pour ne pas vexer Emma, qui se frotte contre lui d'un air qu'elle espère langoureux, et qui multiplie sourires aguicheurs et savants mouvements du bassin. La transpiration a fait couler son maquillage, ses cheveux sont collés à son front, à sa nuque, Al se surprend à la trouver réellement attirante. Elle prend son visage entre ses mains, au moment où la voix de Diana Ross entame l'inévitable *Upside down*, dans sa énième version remixée, lui murmure des mots qu'il n'entend pas, et tend ses lèvres en fermant les yeux. Al la regarde, lui trouve un air de gitane « *boy you turn me / inside out and / round and round* »… et sent, au moment même où sa bouche se rapproche, qu'il aime Lisa plus que tout au monde et qu'il donnerait n'importe quoi pour l'embrasser, elle, elle seule, à cette seconde.

Comme il a détourné son visage, Emma lui glisse à l'oreille :

– Viens, viens avec moi, on fait un tour là-bas, si tu veux, on sera plus tranquilles tous les deux…

Elle pointe les toilettes du regard, une main déjà posée sur sa cuisse. Al est dégrisé, d'un coup. Il la regarde dans les yeux. Retire la main aux ongles rongés, le plus doucement possible.

– Mais au fait, t'as quel âge, toi ?

– L'âge de te faire péter les plombs en te suçant comme jamais personne t'a encore sucé, t'en fais pas, viens !

Alfred est livide. Il n'a plus envie de rire. Ni de faire semblant.

– Mais putain c'est quoi ton problème !!!! C'est ça ton rêve ? Sucer un connard de dix ans de plus que toi dans les chiottes des Bains-Douches, c'est ça ton grand kif ????? Merde !!!!!

Emma lui lance un regard meurtri, blessé. Un regard de femme, pour la première fois, pense Al. Elle ne dit rien. Elle reste tout près, presque collée à lui, à cause de la foule. Elle sent bon, un parfum vanillé mêlé à une légère odeur de sueur, sucrée. Elle est furieuse.

– Eh toi, viens pas me faire le plan j'ai rien vu, hein ? Qu'est-ce que tu fous, là, depuis le début, si c'est pas ça que tu cherches ??? Pourquoi tu m'balances ça en pleine gueule comme si c'était moi qui t'avais chauffé ????? C'est quoi ta leçon de morale à la con, là ? T'es vraiment trop naze comme mec, putain !

Al ne sait plus quoi dire, il se sent ridicule, il se dit qu'elle a raison. Il lui propose de la raccompagner, s'excuse maladroitement. Au vestiaire, il lui dit, pensant la faire rire :

– Eh ben, si c'est ça la nouvelle génération ! J'vais avoir du mal avec ma fille, moi…

Emma éclate d'un rire qui lui fait mal.

– Et maintenant tu sors le coup des mômes ???? T'as vraiment peur de rien, toi, hein ? Comme si un mec comme toi pouvait s'imaginer avoir une gamine !!!

– Et alors ? Bien sûr que j'pense aux enfants ! Qu'est-ce qui te fait dire que je crève pas d'envie d'avoir un gamin, là, comme je te le dis ?

– Ben, j'sais pas. Qu'est-ce que tu fous là, alors ? Et la future maman, elle se bourre la gueule en levant des minets en boîte le samedi soir, elle aussi ? Pas mal, pour des futurs parents ! Et moi qui croyais que j'avais pas eu d'chance avec mes vieux, tu vois, finalement, là, en t'voyant…

C'est trop pour Alfred, trop pour ce soir, trop pour cette semaine sans Lisa. Il a juste le temps de se précipiter dehors pour vomir son trop-plein d'alcool, de rage et de peine dans le caniveau, sous l'œil goguenard des videurs. Emma le rejoint, avec sa veste, et monte sans rien dire dans sa voiture garée deux rues plus loin. Al pense laisser un message à Boris. Emma l'en dissuade :

– T'en fais pas pour eux. Il sait très bien ce qu'il veut, ton copain, et Chloé aussi, elle est assez grande, tu sais.

Al perçoit le ton dépité de la jeune fille. Il se sent mieux, quoiqu'un peu merdique.

– J'suis vraiment un con. Il faut que tu saches, c'est pas toi, c'est moi. Tu es vraiment très… enfin t'es superattirante, comme fille.

– Ouais t'as raison, t'es vraiment trop bête. Et tu sais pas ce que tu rates. Tu sais que t'es le premier que je rencontre qui m'envoie balader ? Y a plein de mecs bien mieux que toi qui rêvent qu'un truc pareil leur arrive ! Samedi soir aux Bains ou pas, putain !!!!

Al pense qu'elle ne sait pas à quel point elle a raison. Il voudrait trouver quelque chose de gentil à lui dire, mais il ne sait pas comment s'y prendre sans lui raconter toute l'histoire.

– Moi aussi je dois avoir un problème, au fond. Tu me dis non, et j'ai presque envie de te remercier.

Elle renifle un peu, Al regarde son beau visage, elle pleure… un peu comme Lisa.

– Je sais pas, c'est peut-être parce que t'as l'air paumé, malheureux quoi. Et puis gentil, surtout. T'as l'air gentil.

Arrivés en bas de chez elle, près du canal Saint-Martin, ils partagent en silence une dernière cigarette.

– C'est quoi le problème, au fait ? Tu peux quand même me parler un peu, ça m'aiderait à me sentir moins nulle.

– …

Emma hésite.

– C'est ta femme ?

Al a sursauté.

– Comment tu… Ah mais oui, bien sûr, j'suis con.

– Toi au moins tu fais pas comme les autres porcs. La plupart des mecs laissent leur alliance dans la boîte à gants de leur caisse. Ils ne se rendent même pas compte qu'elle laisse une marque, ça fait comme une petite boursouflure autour. Ou alors ils s'en foutent, et c'est encore plus dégueulasse.

Il se dit que la vie d'Emma-la-brune doit être plus compliquée qu'elle ne semble l'être. Trop de tristesse rageuse pour ses vingt ans, et de mots justes qui font mal, pour n'être que la jolie pétasse qu'elle joue si bien. Il la regarde, la trouve vraiment belle, cette fois. Il se dit qu'elle a un peu des jours tourmentés de sa Lisa, en brune. Qu'elle a la même façon de résister, fière, orgueilleuse, tel un soldat courageux. Et la même douceur dans l'abandon, apaisée à la fin de la bataille. Il pense qu'il a de la chance d'être tombé sur elle. Il se retient de l'embrasser, parce qu'il sent confusément que ce ne serait pas juste… et qu'il pourrait se brûler.

– C'est plus agréable, là.

Il ne l'a pas entendue parler.

– Pardon ?

– Ta façon de me regarder, là, c'est bien.

Al sent l'ivresse l'abandonner, lentement, et le danger approcher. Encore une fois, c'est elle qui le sauve. Petite fée brune.

– Tu l'aimes énormément, hein ?

– Plus que ça encore. C'est toute ma vie. Elle s'appelle Lisa. Elle est…

– Ouais bon ben ça va, hein, j'ai mes limites aussi.

(Elle éclate de rire, bat des paupières pour chasser une dernière larme, ajoute dans un sourire :) Allez, comme apparemment t'as pas de regrets, je préfère pas te recroiser, alors je te laisse pas mon numéro, d'accord ?

– …

– Et puis tu sais, y a un truc qu'il faut que tu saches, quand même : le pied total, c'est pas de sucer un mec de dix ans de plus que moi dans les chiottes d'une boîte, c'est de me faire baiser. Vraiment bien baiser. Mais bon, t'avais pas l'air très frais, j'voulais pas te mettre la pression…

Sans qu'il ait le temps de rajouter quoi que ce soit, elle l'embrasse sur la joue, d'un baiser d'écolière qui efface sa petite vengeance aigre-douce et l'émeut plus que tout le reste. Et disparaît.

LISA SANS ALFRED

Lisa se réveille, fatiguée d'un sommeil trop lourd, sans rêves. Deux semaines de solitude. Aucune nouvelle d'Al. Elle sait, par Alex, qu'il est toujours chez Boris. Qu'il y dort chaque nuit.

Cent fois elle a voulu l'appeler. Elle s'est retenue, fidèle à leur pacte, qu'elle trouve absurde et cruel, mais qu'elle veut respecter. Et si tout était fini ? Et s'il ne revenait pas, jamais ? Lorsqu'elle touche le fond de sa souffrance, elle relit d'anciennes lettres, et les petits mots sur Post-it, débiles et tendres, amoureusement conservés. Alors elle y croit de nouveau. Choisit de faire confiance à cet amour qu'elle espère infini. Elle parle à Al, seule, dans leur grand lit dont elle n'a pas changé les draps. Elle s'endort le visage enfoui dans l'oreiller qui a retenu un peu de son odeur. Mais l'absence gagne peu à peu le terrain, et Lisa ne sent plus que le parfum mouillé des larmes.

Nat fait de son mieux, mais Lisa sait que ses paroles de réconfort ne sont pas toujours sincères. Qu'elle lui en veut, encore, d'avoir gâché son idée du bonheur. Si sa meilleure amie ne parvient pas à la comprendre, à lui pardonner, quel espoir reste-t-il ?

Elle réapprend à parler à sa mère. Elle réalise à quel point elles s'étaient éloignées, perdues, presque. Elles se voient plus souvent. Lisa sent combien sa douleur touche Sally, qui a fait de sa solitude une compagne, depuis des années. Leur première discussion n'était qu'un point de départ. Elle remercie chaque jour Al de lui avoir donné cette clé, et sent confusément que le chemin sera long, qu'il est avant tout personnel. Elle découvre le sens véritable du mot *introspection.*

Elle voit son père, peu, lui parle longuement au téléphone, surtout. Elle ne lui a rien raconté. Au-delà des mots, il perçoit sa peine, et trouve les paroles qui l'apaisent. Elle puise dans son amour la douceur et la tendresse qui lui manquent tellement, et qu'elle n'ose plus demander à ceux « qui savent ». Elle se sent faible et lâche, mais c'est ce qui l'aide à tenir.

Elle dort beaucoup, sans parvenir à se sentir reposée, mange peu, fume et boit trop, évite de croiser son reflet dans les miroirs, agit comme un animal traqué. Elle se cache, elle a honte, elle a l'impression d'avoir littéralement cessé de vivre. Al est parti. Ne reste que la douleur. Son corps affaibli, son visage émacié. Elle est presque soulagée de ne plus se reconnaître.

Mercredi soir, chez Alex. Nat est sortie. Coïncidence.

Lisa a choisi Erykah Badu, *Baduizm live*, qu'Alfred et elle aiment tant, « pour envoyer des ondes positives », parvient-elle à glisser dans un timide sourire. L'herbe d'Alex lui est montée à la tête, elle n'a rien mangé de la journée. Ils sont couchés dans la chambre, côte à côte, sur le vieux matelas posé à même le sol.

– Alex, tu crois qu'Al fait des conneries, en ce moment ? Je veux dire, depuis qu'il est chez Boris…

– T'inquiète pas, je sais qu'il va bien. C'est pas la grande forme, c'est sûr, mais ça va, il tient le coup.

– C'est pas ça… Tu sais bien. Il cherche à oublier, à avoir autre chose dans la tête, tu vois, et j'ai peur que…

– T'as peur de quoi exactement, Lisa ? Tu veux me faire dire quoi, là ?

– Ben, j'sais pas. En général quand un mec a un problème, c'est simple, le premier truc qu'il fait c'est…

– De se déchirer un peu la tête, ouais, pour ça t'as raison, je pense pas qu'Al soit un modèle de sobriété en ce moment. Et toi, pour info, tu fais quoi depuis quinze jours ? T'as vu ta gueule ma belle ?

– OK, OK, ça va. Pas la peine d'enfoncer le couteau. Je sais à quoi je ressemble, merci.

– …

– Alex ?

– Mmmm ?

– Non, tu sais, je pensais pas vraiment à ça. Ce qui m'inquiète, c'est…

– Putain tu fais chier, Lisa, hein !!! Tu veux que je te dise qu'Al est en train de sauter toutes les pétasses de Paname ????? C'est ça qui te travaille, là ???

– …

– Ben tu veux que j'te dise ? J'en sais foutrement rien. Juré. Je sais pas ce qu'il fait de son cul, ton Al, mais, pour être tout à fait honnête, à mon avis il aurait tort de s'en priver.

– Tu plaisantes, là.

– Ben non, j'ai pas envie de rigoler, putain. Tu te rends compte de ce que tu lui as fait, quand même ? Attends, tu te souviens quand même que c'est toi qui as foutu la merde !! T'as la moindre idée de l'enfer qu'il traverse, ton mec ???? Et toi, tout ce qui t'intéresse, c'est d'être sûre qu'il va pas niquer ailleurs ????? Mais donne-moi une seule raison de ne pas le faire, en te mettant à sa place, pour une fois. Une seule !!!!!!!!

Lisa s'est redressée, les yeux brillants.

– T'es vraiment dégueulasse de me dire ça. Alors pour toi, c'est comme ça que ça doit se régler ? Tout par le cul, hein ? T'es qu'un putain d'enfoiré de mec, Alex !!!! Et tu veux savoir ce que je pense ??? Je crois que ça te dépasse, que tu peux pas comprendre notre histoire, avec Al, parce que c'est un truc que t'as jamais connu !!!! Toi tu baises, tu baises avec des mecs, tu baises avec des filles, mais c'est tout ce que tu sais faire, et t'es toujours seul comme un con avec ta bite, à la fin. T'es tout seul, Alex, et t'es un connard !!!!

Livide, en larmes, Lisa s'écroule sur le matelas. Elle tremble, est prise de haut-le-cœur, court jusqu'à la salle de bains. Vomit. Elle revient avec moins que rien dans le ventre, l'air penaud des fins de crises d'hystérie.

– Ça va ? T'es calmée ? Putain, il exagérait pas, Al. Quand tu pètes les plombs, toi !

– Ah bon ? Il t'a parlé de ça ? Et…

– Ah non, je fais pas la balance, moi. J'suis bi, j'suis seul comme un con, mais je trahis pas les potes, d'accord ?

Lisa se blottit contre Alex, qui la laisse faire, et lui caresse doucement les cheveux.

– Je te demande pardon, Alex. Je retire tout ce que j'ai dit, j'en pensais pas un mot. Mais tu m'as rendue dingue. Enfin, la pensée d'Al avec une autre, c'est ça qui m'a rendue dingue. Tu penses vraiment que…

– Écoute Lisa, c'est toi qui me rends cinglé, tu veux qu'il revienne, non ? C'est ça le plus important, oui ou merde ?

– Ouais, tu le sais Alex, bien sûr que c'est ça qui compte plus que tout.

– Bon, et quand vous serez de nouveau ensemble, parce que moi je suis convaincu qu'il va revenir, tu penses que ça se passera comment ?

– Je sais pas. Je sais plus. C'était horrible juste avant qu'il parte. Je veux plus jamais revivre ça. Qu'est-ce que je dois faire, Alex ?

– Mais tu comprends pas, Lisa. C'est à Al de faire quelque chose, même si ça doit lui faire mal. S'il ne fait rien, il reviendra en t'en voulant toujours autant. Et ça restera comme ça, entre vous. La méchante Lisa qui a menti, qui a fait un truc terrible, impardonnable, et lui, le gentil Al, sans tache, qui a tellement souffert. C'est insupportable, comme situation, tu penses pas ?

– Mais c'est quoi alors ? Œil pour œil dent pour dent ? C'est comme ça que ça marche ? Merde !!!!

– Arrête Lisa, tu m'as très bien compris. Allez, arrête.

Alex la berce doucement, au rythme de la voix chaude de la belle Erykah. Si sublime, enceinte et fière comme une reine, sur les photos du CD.

Lisa se tait, ferme les yeux. Elle imagine. Les non-dits,

la sourde rancœur, le bourreau et sa victime, la culpabilité du premier, la toute-puissance de la deuxième… Alex a raison, elle le sent, c'est ce qui l'effraie.

– D'accord, mais alors quoi qu'il fasse, ça doit rester son histoire. Je ne dois pas le savoir. Jamais.

– T'inquiète pas p'tite fille, fais-lui confiance, à ton Al, c'est vraiment un mec bien.

Un peu plus tard, dans la soirée.

– Il y a un super bon thaï au coin de la rue, il fait à emporter, t'as envie de manger un truc ? Moi j'ai trop la dalle, là. C'est cette beu, là…

– Ouais, ça me fera du bien de grignoter un peu. Tu veux des sous ?

– Ah non ma belle, ce soir c'est moi qui invite !

– T'as qu'à prendre pour trois, Nat va bientôt rentrer, non ?

– Ben, j'sais pas trop… Elle m'a dit qu'elle passerait sans doute la nuit dehors. Tu la connais, elle était dans un de ses grands soirs.

– Ah…

Alex se lève, secoue son grand corps maigre, passe une main dans ses cheveux en bataille, sourit à Lisa.

– Tu sais que t'es pas mal, comme mec ?

– Ah, commence pas à me chauffer, Lisa, sinon, moi, j'réponds plus de rien !

Ils éclatent tous les deux d'un grand rire. Lisa pense que ça ne lui est pas arrivé depuis qu'Al est parti, et que ça lui fait un bien fou. Alex se dirige vers la porte, survolant les piles de fringues, de bouquins et de CD d'une enjambée de géant. Se retourne, un sourire toujours accroché à son beau visage.

– Alex ?

– Ouais ?

– Merci. Merci d'être mon ami. Vraiment.

Un peu gêné, il fait une révérence maladroite et claque la porte en sifflant un peu faux.

ALICE ET SES MERVEILLES

Alice ne croit pas à grand-chose. Ni au grand bonheur, ni au grand amour. Et pas aux petits non plus. Il lui arrive plus souvent d'être malheureuse qu'heureuse. Et la plupart du temps, elle est seulement en colère.

C'est comme ça. Elle traîne une sorte de dégoût de la vie, une lassitude tenace. C'est plus fort qu'un pessimisme. Juste en dessous du désespoir. Elle vit comme on prend son mal en patience. Elle attend vaguement que quelque chose lui arrive, et la fasse changer d'avis. Et en attendant, elle se venge de ces années de merde qui lui donneront le visage d'une femme de cinquante ans quand elle n'en aura que quarante.

Ça dure depuis longtemps. C'est à cause de son histoire. Une histoire que personne ne connaît, dont elle ne parle jamais.

Souvent, au hasard des rencontres, elle s'invente un passé, pour voir si le mensonge rend la vérité plus supportable. Elle a été violée plusieurs fois, battue toute son enfance par un père alcoolique, abandonnée à la naissance par sa mère, pute et camée. La semaine dernière, c'était son frère jumeau qui avait crevé dans un accident de voiture quand ils avaient vingt ans. Elle était au volant, mais elle n'a rien eu. Évidemment. Avant-hier, sa sœur anorexique s'était suicidée le jour de ses seize ans. Et hier soir, elle a surpris son père en train de se faire sucer par son demi-frère de huit ans, quand elle en avait à peine douze.

Les gens la croient, presque toujours. Ils sont cons. Et souvent trop contents d'entendre quelqu'un dont la vie est bien pire que la leur. Elle raconte bien. C'est trop horrible pour avoir été inventé. Et puis, c'est comme les faits divers, quand ça sent le soufre, ça sent le vrai. Elle donne les détails, en avalant sa salive comme si c'était douloureux. Souvent elle pleure un peu, très digne. Brisée mais digne. La vraie souffrance, quoi. Elle joue bien la comédie, Alice, à force. Et puis tout ça c'est rien, pour elle, comparé au reste.

Alice est assez seule. Elle ment trop, parfois même sans s'en rendre compte, pour avoir gardé ses amis. Elle s'engueule souvent avec les filles, qui la regardent d'un œil mauvais, parce qu'elle est vraiment belle, à sa manière. Elle a « un truc », comme on dit, quelque chose dans le regard qui dérange, qui intrigue. Qui ne laisse pas indifférent.

Elle brise le cœur de garçons plus jeunes qu'elle, qu'elle choisit comme un serial killer sélectionne ses victimes. Froidement. Méthodiquement. Ils sont gentils, inoffensifs, un peu rêveurs. Ils s'emmerdent, sans le dire, tournent en rond dans un quotidien trop sage et sans surprise. Ils se voudraient rebelles. Après quelques verres, ils oublient d'avoir honte, et se mettent à parler d'aventures, de « vivre intensément ». Alice leur sort son couplet sur les poètes maudits, le « dérèglement des sens » rimbaldien, et voilà Kerouac, Burroughs, Ginsberg, Bukowski, jusqu'à Brett Easton Ellis… Et la musique ? Est-ce qu'ils aiment la poésie noire qui sent le whisky en musique, aussi ? Jeff Buckley ? Portishead ? Tout ça, elle aime, mais ça lui donne le blues, parce que c'est son histoire.

Alors ils ont envie de la protéger, la petite Alice, si mignonne, si vulnérable, de la rendre heureuse. Ils lui offrent un mouchoir, une épaule. Ils se sentent forts quand elle se blottit contre eux. Elle sait les regarder comme s'ils étaient enfin « Celui Qui ». Et surtout, surtout, elle leur fait croire qu'ils sont le coup du siècle, que jamais personne ne l'a baisée comme ça, qu'avant elle ne savait rien du plaisir, que jamais, jamais, jamais elle n'a ressenti ça.

À chaque fois elle est surprise, parce qu'à chaque fois ça marche. Les mecs sont cons. Suffit de leur parler de leur queue comme de la huitième merveille du monde, et ils te mangent dans la main. Si t'arrives à leur coller l'étiquette « l'amant le meilleur de l'univers » — dans le genre « la bite de Goldorak », « la queue d'Albator », « les coups de reins de Musclor », tout ça quoi… — avec des trémolos dans la voix, c'est gagné.

D'accord, faut y mettre du sien, faut avoir l'air sincère. Mais ça aussi, elle l'a appris. Maintenant c'est un jeu d'enfant. Elle, ça fait longtemps qu'elle n'attend plus le prince charmant, mais combien de mecs elle s'est tapé en leur faisant jouer ce rôle !

Alice est une créature de bars. Elle va dîner au restaurant, seule, dans ses grands soirs. Rarement. Ne va jamais en boîte. Elle laisse ça à celles qui savent sourire, aux filles qui brillent, comme elle dit. D'ailleurs elle déteste danser.

C'est une louve, la nuit, elle rôde. Rentre rarement bredouille. Paris est un terrain sans limites, dont le gibier se renouvelle chaque nuit, à l'infini. Et elle connaît bien Paris.

Elle habite un studio, rue Durantin, dans le 18ᵉ, juste au-dessus d'une bijouterie fantaisie. Travaille comme serveuse dans un bar de la rue des Abbesses. Un rade de quartier, « qu'est plus ce qu'il était, mais qu'on aime bien quand même », comme disent les habitués, qui carburent au p'tit blanc ou au café cognac à l'heure où d'autres se réveillent. Elle gagne assez pour ne manquer de rien. Les alcoolos du quartier l'aiment bien. Elle ne fait pas de différence entre les sobres et ceux qu'elle appelle les « noyés ». Pour elle, c'est le monde entier qui est pourri. Pas de raison de privilégier ceux qui maintiennent la tête hors de l'eau. Sa haine est totale, sans préjugés ni catégories. Et puis, elle les fait marrer, les alcoolos du quartier, avec ses histoires. C'est jamais les mêmes, y a que la douleur, toujours, qui reste. Alors, ils ont la main généreuse sur le pourboire, quand ils peuvent.

D'ailleurs, la plupart du temps elle s'en fout, elle n'a pas de grandes dépenses. Quand quelque chose d'un peu cher lui fait vraiment envie, elle s'arrange pour taper du fric à droite à gauche. L'air de rien.

Parfois, quand le moment de baiser et celui de demander de l'argent sont trop rapprochés au goût de celui qui est dans son lit, elle lit dans ses yeux : « Oh merde, c'est quand même pas une pute ! » Dans ces cas-là, elle n'insiste pas, se replonge amoureusement dans ses bras et lui murmure à l'oreille les mots les plus doux ; après l'amour, elle lui sert un petit déjeuner au lit, encore tremblante d'avoir tant joui, dit-elle en rougissant.

– Et pourtant, tu sais, c'est rare, enfin, c'est même la première fois que ça m'arrive, avec une si p'tite queue. Au début j'ai cru que je te sentirai même pas entrer en moi, et puis, tu l'bouges tellement bien, ton p'tit bidule, que j'ai vraiment réussi à prendre mon pied. Tu t'y prends drôlement bien, tu sais ? Ça a dû te prendre du temps, avant de te démerder au pieu avec les minettes, avec… enfin avec ça.

En général, quel que soit le nombre de centimètres du truc en question, le mec est tellement mal qu'il ne dit pas un mot. Ou il bafouille. Il détourne le regard, il ne sait plus où se mettre. Alors il reste là, comme un con, dans le lit. Pas question de se lever pour s'habiller. Et elle, naïve et tendre :

– Tu viens, on prend une p'tite douche ?

« Euh, non, non, j'suis à la bourre là en fait », entend-elle bégayer, la plupart du temps.

Alors elle disparaît en chantonnant dans sa minuscule salle de bains, laisse couler l'eau de la douche quelques secondes, juste le temps qu'il faut à l'infortuné pour se lever et rassembler ses affaires… et réapparaît, un sourire attendri aux lèvres :

– Oh là là ! C'est vrai c'est fou quand même ! Qu'est-ce qu'elle est petite !!! T'as dû avoir des problèmes, à l'adolescence… On est vache quand on a quinze ans, non ? Enfin, maintenant ça va, j'imagine. Tu sais, je pensais ce que je t'ai dit, c'était vraiment pas mal, hein ! J'suis supersincère.

La dernière fois qu'elle a eu recours à ce petit manège, le mec a déposé un billet de deux cents balles par terre, à côté du matelas. D'un air minable, suppliant. Pour qu'elle se taise.

Cet argent-là, elle le prend sans scrupules. Elle se dit que si les mecs lâchent leur tune plus facilement pour cinq minutes d'humiliation que pour deux heures de baise, c'est leur problème.

Il est vingt-deux heures, dans un bar enfumé, au bout d'une rue du 10e arrondissement.

Alice observe ostensiblement un homme accoudé au bar. Il est jeune, « trente ans et des poussières ». Plus vieux que la moyenne de ses proies. Mais il lui plaît.

Il va mal, visiblement. Les ombres sur ses joues creusées, les yeux rouges, les mains qui tremblent, les cigarettes qu'il laisse se consumer, les verres qui se succèdent… Elle le trouve séduisant, avec son air de chien méchant. De chien perdu. Beau, il doit l'être vraiment, dans ses bons jours.

Il a jeté quelques regards dans sa direction, d'un air de dire « t'approche pas, terrain miné ». Raison de plus…

Il cherche ses dernières pièces au fond de la poche d'un jean qui a l'air tellement crade qu'il pourrait tenir tout seul. Comme on racle les tiroirs, à la recherche d'une cigarette qu'on espère avoir planquée un jour de sage précaution.

Quinze balles pour le dernier verre, celui qui l'assommera définitivement et l'aidera, peut-être, à dormir ce soir.

– Je t'offre le dernier, pour la route ?

Visiblement, l'inconnu n'est pas un habitué des manières de l'endroit. Il sursaute et prend un air un peu choqué, qui jure de façon comique avec le personnage. Alice diagnostique, « désespoir récent ».

– Pardon, je voulais pas te tirer de tes beaux rêves. C'est juste histoire de partager un verre.

Il la regarde, méfiant. Est-ce parce qu'elle lui fait penser, vaguement, aux photos de sa mère, prises trente ans plus tôt ? Ce quelque chose de brisé et de dur dans le regard, que dément un sourire encore un peu naïf, sur des lèvres qui semblent prêtes à tenir mille promesses.

– Pourquoi pas ?

Trois verres plus tard, blonde pression pour lui, blanc sec pour elle, Alice sait tout des malheurs de celui qu'elle commence à trouver plus que séduisant. Elle n'a pas parlé d'elle. Elle n'a rien inventé pour éveiller la fibre protectrice qui d'habitude conduit directement le mâle au lit. Cela n'aurait servi à rien. Avec lui, elle sait que seule l'écoute aura raison des dernières réticences.

Il parle, il parle, il parle. Ses mots la touchent. Il est vraiment malheureux, d'un malheur qu'elle trouve beau. Un chagrin d'amour et de haine. Elle lui demande de décrire cette fille qui l'a tant blessé et qu'il parvient à aimer, encore si fort.

Il finit par raconter l'histoire, toute leur histoire. La rencontre, la vie à deux, le mariage, que du bonheur, comme dans les films, les projets… Et de revenir en arrière, ça le fait pleurer pour de bon, le bel inconnu, poings et lèvres serrés, la voix cassée d'avoir trop bu et trop crié le même prénom, question lancinante qui reste sans réponse et hante ses nuits… « Lisa ? Lisa ? LISA !!!!!!!!!!! »

Alfred sait qu'il va baiser cette fille, à la seconde où il accepte ce « dernier verre ». Il le sait parce qu'il le veut. Il l'a décidé, pour en finir.

Après avoir résisté à la belle Emma, il y a quelques jours, il y a un siècle, il s'est cru prêt. Prêt à appeler Lisa, à retourner vivre avec elle, chez eux, prêt à se relever, et continuer, ensemble. Il y a réfléchi la nuit entière, en se répétant que le lendemain, il l'appellerait. Il en frissonnait d'envie, de joie. Tourner la page. Oublier. Retrouver ses bras chauds, sa peau, son odeur, ses cheveux et son rire, sa façon de prononcer son prénom, son corps, et tous ses regards…

Fou d'excitation, Al s'est touché, fébrilement, ce soir-là, en se concentrant sur Lisa, sur leurs moments d'amour fou, d'abandon au plaisir… Sa bouche, son visage pendant l'amour, ses mains qui se crispent, son souffle, son dos cambré… Les seins de Lisa… Le sexe de Lisa… Le cul de Lisa… Cette fois, il allait y arriver, à retrouver le plaisir, à goûter la jouissance. Il revoit Lisa, il entend ses mots crus, ses cris qui l'envoyaient sur une autre planète, très loin de tout, dans cet ailleurs qu'ils avaient découvert et exploré ensemble, pendant trois ans…

Mais cette fois encore, il ne jouit pas. Il éjacule, sans le moindre frémissement, sans le plus petit frisson. Il ne sent rien. Pas d'apaisement, pas de trêve. Aucun signe du plaisir retrouvé. Il bande, parvient au sommet d'une excitation cathartique, rageusement, et là sa queue le lâche, en une insolente vengeance, et le laisse avec ses démons. Cœur et sexe lourds. C'est comme si rien ne s'était passé. La négation du plaisir.

Toute sa rancœur s'est concentrée dans ce sexe en colère, qui refuse d'oublier.

Ces derniers temps, dans le salon silencieux de Boris, il n'osait plus se branler tant il souffrait de la vacuité de ces tentatives. Là, pourtant, il y avait vraiment cru. Mais son corps, une fois de plus, n'était pas d'accord, et l'image de Lisa toujours associée au sentiment d'avoir été trompé. Ce soir-là, il s'est vu pantin. A réalisé que depuis douze mois, à chaque fois qu'ils faisaient l'amour, il jouissait aussi de la pensée que peut-être, cette fois-ci…

En baisant la femme de sa vie, il pensait à l'enfant qui allait naître. Mais elle, elle était ailleurs. Jamais ils ne se sont rejoints dans ce désir. Douze mois de mensonge. Et son sexe ne pardonne pas.

C'est ce soir-là, alors qu'il croyait être enfin « guéri », qu'Alfred a compris qu'il lui fallait baiser pour baiser, au moins une fois, pour pouvoir regarder de nouveau Lisa en face. Cruel paradoxe pour l'amant fidèle qu'il a toujours été – au mépris des railleries de son entourage masculin. Il doit plonger sa queue dans un sexe féminin en n'ayant à l'esprit que l'idée du plaisir, sans arrière-pensée. Et avec Lisa, c'est impossible.

Il est là, accoudé au bar d'un troquet enfumé, au bout d'une rue du 10e arrondissement ; il ressasse ses pensées, et se demande s'il n'aurait pas dû suivre les conseils de Boris, et rappeler Emma. Ou aller voir une pute.

Et voilà les regards de la dénommée Alice, sa proposition, directe, presque masculine, de lui offrir un verre, son corps nerveux et presque trop maigre, son visage troublant, sa voix basse, enrouée, ses silences, ses mains qui tremblent comme les siennes ; c'est comme un signe, pour lui, et il sait qu'ils finiront la nuit ensemble, quoi qu'il advienne.

Alice sent que les mots n'ont plus de rôle à jouer. C'est une histoire de corps, désormais. Elle insiste pour payer sa part de l'addition, et l'emmène chez elle, au sixième étage, d'où ils auraient pu regarder la nuit sans étoiles.

Mais à peine arrivés dans le studio qui sent miraculeusement le café chaud, comme une promesse d'un lendemain plus doux, ils se jettent l'un sur l'autre. Ils font l'amour comme des affamés. Violemment. Leur colère, leur souffrance, leurs cris s'accordent et les mènent jusqu'à une jouissance brutale, fugitive. Quand ils s'embrassent, leurs dents se cognent. Leurs caresses tatouent leur rage sur leur peau. Alice ferme les yeux, le visage empourpré, elle semble en transe. Al les garde grands ouverts, parcourt chaque centimètre de sa peau mate. C'est animal, ça les laisse haletants, épuisés. Ils n'ont pas dit un mot.

Ils dorment un peu, se réveillent aux premières lueurs du jour, partagent un joint, et font de nouveau l'amour, apaisés. Troublé par cette douceur et le plaisir qu'il y prend, Alfred ferme les yeux. Il les ouvre au moment de jouir, et aperçoit, en un éclair, le visage d'Alice, sur lui, transfiguré, calme et serein, d'une beauté irréelle, un très léger sourire sur ses lèvres rouge sang d'avoir été trop mordues quelques heures auparavant.

Avant de s'endormir, la tête sur sa poitrine chaude et moite dont il aime l'étrange parfum caramel :

– Alice ?

– Mmmmm ?

– Tout à l'heure, t'avais l'air d'un ange, tu sais.

Alice pense qu'elle donnerait n'importe quoi pour être à la place de cette Lisa, parce qu'elle sait qu'elle ne reverra plus Al. Elle pense aussi qu'elle est trop bonne d'avoir pensé aux capotes, alors que lui n'y avait pas fait allusion, pris dans l'ivresse et le désir.

Elle se dit que la vie est dégueulasse, et pose sa main sur celle qu'il a posée sur son ventre plat. La deuxième fois, elle a joui en pensant précisément à ce qu'il cherchait à oublier, ce pourquoi il l'a suivie et baisée ce soir-là.

LES MEILLEURS PARRAINS DU MONDE

Lisa tourne en rond. Presque trois semaines. Le temps file, comme les derniers espoirs auxquels elle se raccroche. Al n'est pas revenu. Et s'il ne revenait pas ? S'il ne revenait jamais ???

Elle se sent seule, plus qu'elle ne l'a jamais été. Elle doit faire quelque chose. Il est presque minuit, bientôt vendredi.

Elle appelle Nat. Tombe sur son répondeur. Essaye le portable d'Alex. Idem. Fait le numéro d'Al. Écoute sa voix demander de laisser un message, promettre de rappeler le plus vite possible. Éclate en sanglots.

Elle écoute Tom McRae, en traçant sur sa peau de fines lignes blanches, puis rouges et boursouflées, avec un cutter. Des entailles, pas vraiment profondes, autour de ses chevilles.

Tell all my friends I have gone to the moon / tell all my friends I will write them soon / and tell them if you see them, that I'm better left alone.

La douleur la soulage. Elle préfère ça, plutôt que la pensée de vivre sans Al. Elle ne cherche pas à se faire mal, c'est juste une distraction ; elle s'applique à faire le tour de ses articulations. Petites lignes horizontales, petites lignes verticales, petites lignes obliques… Les marques lui rappellent les griffures du jeune chat qu'elle avait, petite, en plus régulières.

Quand le téléphone sonne, elle en est à la pliure du genou gauche.

– Lisa ? Ça va ? C'est Boris.
– Boris ! Qu'est-ce que je suis contente de t'entendre ! Ça va ? T'es où, là ? T'es avec…
– Non Lisa, Al est pas avec moi.
– Ah…
Elle a lâché le cutter. Regarde ses chevilles blessées, fascinée, puis dégoûtée.
– Et toi, qu'est-ce que tu fais ? T'es toute seule ?
– Ben ouais, tu vois, j'suis toute seule et j'arrive pas à dormir. Alors là j'ai pris un cutter, histoire de me couper un peu, tu sais, pour ressentir un truc physique, une douleur qui passe, quoi.
– Tu déconnes là ?
– Mais ouais, bien sûr que je déconne ! Tu me vois, là, avec mon p'tit cutter de merde, en pleine séance d'automutilation ??? C'est pas mon truc, Boris, tu m'connais, quand même !
– Mmmm… On sait jamais, tu sais.
– …
– Bon, ben c'était juste histoire de voir comment ça allait. J'suis désolé, j'ai pas été très… présent, ces derniers temps. Ça m'a foutu un coup, votre histoire.
– T'inquiète pas. J'comprends. T'es là pour Al, c'est ça qui compte.
– …
– Dis, t'es dans quel coin, là ? Parce que, si t'as envie de passer, j'suis pas près d'avoir sommeil…
– Ben, c'est gentil, mais là non, j'peux pas, j'vais rentrer, demain on a une grosse journée…
– Ah, OK. Une autre fois, alors.
– …
– Bon, ben rentre bien, hein ! C'est gentil d'avoir appelé… Tu me manques, Boris, tu sais.
– Toi aussi tu me manques, Lisa. Je t'embrasse.
– Moi aussi, très fort.
– …
– Lisa ?
– Ouais ?
– Tu sais, Al, il va mieux là, j'devrais pas te le dire,

mais il va mieux. Je crois qu'il va t'appeler, bientôt. T'inquiète pas, même si ça prend un peu de temps, il sera là bientôt. Allez, prends soin de toi, hein ! Salut.

Boris a raccroché avant qu'elle puisse répondre. Elle pense que tout n'est peut-être pas perdu. Elle sait aussi que si Boris l'a appelée, c'est que ce n'était pas gagné d'avance.

Elle tremble de peur, ou de joie, elle ne sait plus. Elle met Barry White et va chercher du coton et du désinfectant dans la salle de bains. Elle se dit que ces quelques minutes au téléphone sont les plus belles de ces dernières semaines, et envoie « merci » en texto à Boris.

Elle s'endort, le téléphone à la place de l'oreiller d'Alfred. Et s'il appelait cette nuit…

Le lendemain, vers treize heures, Lisa tente de joindre Nat, pour la dixième fois de la matinée. Elle veut lui raconter, répéter mot à mot ce que Boris a dit la veille, elle brûle de partager cet espoir avec sa meilleure amie. Al va mieux ! Il pourrait revenir !! Il va l'appeler bientôt !!!!

Elle se dit qu'elle n'a pas dû être très facile, ces derniers temps, s'en veut d'avoir reproché à Nat une certaine mise à distance. Elle pense qu'elle sera contente de l'entendre en meilleure forme.

Elle appelle sur sa ligne directe, à l'agence, et manque de raccrocher en entendant le « Allô oui ? Ne quittez pas, un instant » si professionnel. Elle ne reconnaît pas ce ton froid, expéditif, comme exaspéré d'avance.

Tant de gens se transforment au boulot, c'est fou, c'est pire qu'au volant d'une bagnole, pense-t-elle en imaginant la jeune femme, sûre d'elle, toujours pressée, mais jamais en retard, multiplier « meetings », « brainstorming » et « présentations client », courant après les « créa », consultant les « planeurs stratégiques »… L'exact opposé de ce qu'elle est dans la vie… Enfin, dans la vie que Lisa lui connaît, rectifie-t-elle alors qu'elle est mise en attente et a droit au *Don't worry, be happy* de circonstance.

Nat a été embauchée comme chef de pub il y a deux ans, à peine, et effectue depuis un parcours sans faute, à la hauteur de son ambition. Elle fera sans doute une jeune et brillante directrice commerciale dans les dix années à venir…

Lisa aussi travaille dans ce qu'on appelle un « milieu de requins ». Ils ont souvent parlé, avec Al, de leur désir de monter ensemble une boîte de production, pour échapper aux nombreux compromis qu'impose une vie professionnelle dirigée par d'autres. Al parlait de « choisir ses contraintes », et s'estimait déjà heureux de bosser en bonne entente avec Boris.

Elle, elle rêvait « d'autre chose », sans oser le dire… par peur du stéréotype de l'adolescente attardée, fuyant les responsabilités de la vie professionnelle, du monde adulte… Elle donnait le change, et s'efforçait de rester la même, de se « compromettre » le moins possible.

La lecture de scenarii était-elle un alibi ? Le lancement de projets pour de nouvelles émissions télévisées, la recherche d'idées originales pour de prochaines séries… cela constituait-il réellement ce que la plupart considèrent comme un « travail » ? Elle restait décontenancée face à ceux pour qui se prendre au sérieux était précisément une condition sine qua non du boulot bien fait.

Ces derniers temps, les quelques discussions qu'elle avait eues avec Nat sur ce sujet s'envenimaient. Elles ne se comprenaient plus, quand elles parlaient de leur job. Même leurs mots étaient devenus différents. Et, comme Nat refusait systématiquement de parler du reste…

– Allô oui ?

– Euh… Nat ? C'est moi, Lisa. J'te dérange ?

– Ah, Lisa… Écoute, en fait oui, un peu, je suis super speed, là. J'te rappelle, sans faute, OK ? Sur ton portable, d'ici une heure ou deux ?

– D'accord, pas de problème. J't'embrasse, à tout'.

– Ouais, moi aussi, ciao.

Lisa avale sa salive, difficilement. Un mauvais goût dans la bouche. Elle se lève pour prendre un café au distributeur et fumer une cigarette. Elle fait un pari : si son café sort chaud du premier coup de cette maudite machine, qui a tendance à confondre les températures, Nat la rappellera, comme promis.

Elle s'arrête, en maudissant sa connerie de superstition, devant l'écriteau :

« Bonne nouvelle : le distributeur est mort, on va en avoir un nouveau dans la semaine.

Mauvaise nouvelle : pour les drogués de caféine, il faut aller s'approvisionner aux cafés du coin. »

Ce que son farceur de boss ignore, c'est que la mauvaise nouvelle en est une bonne, en fin de compte : l'occasion rêvée d'aller se remonter le moral chez Bernard, avec la bénédiction hiérarchique, s'il vous plaît !

Arrivée au café, presque désert, Lisa se sent mieux. Il fait chaud. Bernard lui sourit.

– Salut Monna. Toujours une p'tite mine, hein ! Il est pas encore revenu, ton prince charmant ? Ce salaud d'Al, mais comment il peut laisser une belle fille comme ça toute seule, il est fou celui-là !!

– T'es gentil, Bernard, mais si tu savais tout, tu serais moins cool, crois-moi.

– Ouais, peut-être, mais c'est pas mes affaires, moi j'veux rien savoir. C'est des histoires d'amoureux, tout ça, ça va se régler. En attendant, qu'est-ce que tu bois, princesse ?

– C'est un peu tôt pour les choses sérieuses, hein. Allez, un p'tit café et un grand verre d'eau, s'il te plaît.

Lisa se brûle un peu les lèvres, et savoure l'amertume du café noir.

– Bernard ? J'peux te parler une seconde ?

– J'suis tout à toi ma grande, vas-y, je t'écoute.

– Imaginons, t'as un ami, enfin, c'est ton meilleur ami, vraiment. Vous vous dites tout, t'es là pour lui quand ça va pas, tu le soutiens, tu le fais rire, tu l'écoutes, t'es là quand il a besoin de toi…

– Ouais, comme entre vrais potes, quoi.

– Exactement. Bon. Cet ami fait un truc assez crade.

Pas grave comme de tuer quelqu'un ou un truc dans le genre, mais quand même, quelque chose de vraiment pas beau, qui fait du mal à sa copine, au point qu'elle se barre et qu'elle sait plus trop si elle l'aimera encore un jour…

Les larmes viennent toutes seules, comme ça, sans prévenir. Lisa ne peut pas mentir à Bernard, quand il la regarde de ses bons yeux inquiets. Et elle ne veut plus mentir, tout court. À propos de quoi que ce soit. Elle demande un autre café, et continue en reniflant un peu.

– Bon, OK. C'est Nat. J'ai besoin d'elle et elle est pas là. Elle m'en veut, elle me parle pas, je me sens seule comme jamais et elle, je sais pas, c'est comme si j'avais brisé notre amitié, comme si elle pouvait pas me pardonner d'avoir fait ce que j'ai fait à Al.

Bernard soupire, de l'air de celui qui est déjà passé par là.

– Mais toi, tu lui as parlé ? Tu lui as dit que t'avais besoin d'elle en ce moment ?

– Putain mais qu'est-ce qu'il faut que j'lui dise ? C'est écrit en majuscules sur ma gueule, non, que ça va pas du tout !!!! C'est ma meilleure amie, bordel ! Comment elle peut se préoccuper de ses états d'âme plus que de mon désespoir ! C'est à moi que ça arrive, toute cette merde !!!!

Bernard parle doucement, il fait attention aux mots.

– Tu sais ma belle, les trucs qui arrivent dans un couple, ça éclabousse tout l'entourage. Je sais pas si tu sais à quel point vous êtes importants, toi et Al, pour tout un tas de gens. Peut-être que ça lui a fait vraiment mal, vos embrouilles, à la p'tite.

– Je sais, ça, Bernard. J'suis pas aveugle, je vois bien que ça l'a touchée. J'étais même émue, tu vois, connement, de voir combien ça la rendait malheureuse. Mais merde !!! C'est mon amie !!!! Si elle est pas là pour moi, alors je fais quoi, moi ???? Elle, elle est pas d'accord avec ce qui s'est passé, et voilà, basta ? J'existe plus ????!!! J'ai besoin d'elle, elle comprend pas, ça ???? J'ai besoin d'elle !!!!!!!!

– Je sais, je sais… Viens là… Allez allez, là, ça va aller… Ça va s'arranger, tu vas voir… T'en fais pas…

Bernard passe de l'autre côté du bar pour consoler « Monna ».

Pour la réconforter, il lui refait l'histoire de la première fois qu'il l'a vue, il y a un peu plus de trois ans. Sa sortie théâtrale. Il se souvient de tout. Éclats de voix. Éclats de verres. Éclats de rire, pour finir, avec Al qui sentait approcher le grand amour à pas de géant.

– Toi t'es partie comme une furie, et lui, il est resté là comme un con, à ramasser les dégâts. J'me souviens que je t'ai trouvée un peu gonflée, ce jour-là, mais très mignonne, quand même.

Lisa sourit. Remercie Bernard avec les yeux.

– Tu sais Monna, y a un truc que tu dois pas oublier, même si en ce moment c'est pas gai. L'Alfred, il avait un truc dans le regard, en te parlant, ce jour-là. Je pourrais pas t'expliquer. Mais je l'avais jamais vu comme ça. Il a su tout de suite que t'étais la femme de sa vie, tu vois. C'est fou mais c'est comme ça, il l'a su. Alors, crois-moi, quand t'as cette lueur dans les yeux, tu lâches pas facilement. Ou alors t'es le dernier des cons. Et ton bonhomme, c'est pas un con.

En partant, après avoir embrassé Bernard une bonne dizaine de fois sur ses joues barbues qui sentent le tabac à rouler, Lisa se dit que même sans baptême, entre Alex, Boris et lui, leur enfant aura les meilleurs parrains du monde. Leur enfant… Cette pensée lui est venue comme une évidence, et elle la prend, en superstitieuse impénitente, comme le meilleur des signes.

LA HAINE DE SOI, LA HAINE DE L'AUTRE

Une autre semaine.

Lisa pleure, un peu plus chaque jour. Continue d'espérer, parce qu'elle n'a pas le choix. Écoute Keren Ann.

On sait qu'il suffit d'être seule / Le monde est grand quand on est vraiment seul / Je sais qu'il suffit d'être seule / pour tuer le temps et ne plus être seule / Suffit d'être seule, mais pas vraiment seule…

Elle écrit des lettres à Al qu'elle n'envoie pas. Elle lui raconte le vide, sans lui. Elle lui dit l'absence, lui décrit le néant, l'abîme qu'il a laissé derrière lui. Elle parle de son semblant de vie, depuis son départ. De ses efforts pour sauver ce qu'il reste d'apparences. De la vacuité des mots… Et de son amour. Comme elle ne trouve rien de plus vrai, elle noircit des dizaines de pages de « je t'aime ».

« Je t'aime » écrit vingt fois, cent fois, deux cents fois, mille fois…

Alfred rentre à pied du boulot, il siffle l'air de *The Horses*. Se souvient de la voix de Lisa, par-dessus celle de Rickie Lee Jones.

Can't you hear her ? / Oh she cries so loud / Casts her wild note / Over water and cloud.

Lui il a toujours fait attention à la musique, au rythme,

surtout. Mais elle, elle connaît toutes les paroles des chansons qu'elle aime par cœur. Il lui demandait souvent de les lui raconter, comme une histoire. C'était ce qu'elle préférait, les chansons qui racontaient de vraies histoires. Souvent, ils s'amusaient à les poursuivre ensemble. Il se moquait d'elle, parce que ses versions finissaient toujours en « happy end ». Elle répliquait qu'elle pouvait se permettre d'être fleur bleue, quand la vie l'était si rarement. Elle le taquinait sur son penchant pour le malheur et les âmes torturées : ses chansons à lui s'achevaient toujours mal. Il disait qu'il préférait inventer le mélo plutôt que de le vivre.

Al a brusquement envie d'entendre Lisa chanter, et de lui demander d'inventer la fin la plus heureuse qui soit à n'importe quelle chanson triste.

Lisa dans le métro. Lauryn Hill dans le Discman, *To Zion*. Elle a dit cent fois à Al que c'était sa chanson préférée de l'album. Des paroles d'une mère à son fils. Elle arrache des petits bouts de peau autour de ses ongles. Comment a-t-elle pu ? Elle se voit en monstre. Elle se hait. Comment pourrait-il l'aimer encore ?

Elle cherche des synonymes de « détester », et murmure, comme une petite fille réciterait une comptine : « Je m'abhorre, je m'ai en horreur, je m'exècre, je m'ai en abomination, je me méprise, je me dégoûte, je me répugne, je m'écœure, je me vomis, je suis détestable, odieuse, haïssable, affreuse, atroce, monstrueuse, épouvantable, horrible, indigne, insupportable, abjecte, sordide, abominable, abominable, abominable. » Une vieille femme la regarde, en secouant la tête, d'un air désolé.

Lisa pense que tout est fini. Qu'Al ne reviendra jamais. Elle se concentre sur le mot « fin », et continue, hagarde : « Dénouement, conclusion, point final, glas, enterrement, mort, mort, mort, mort. »

Alfred est rentré chez Boris. Il reconnaît Cassandra Wilson, *Traveling Miles*.

Son meilleur ami est assis par terre, dans le noir. Il s'est versé ce qu'Al suppose être un verre de whisky. Plus tôt que d'habitude. Rien n'est facile, pour personne. Il pense que ne pas s'attacher, c'est souffrir d'une absence qui n'a même pas de prénom.

Il a envie de prendre Boris dans ses bras. Mais ce sont des choses qui ne se font pas.

Il le rejoint, sans dire un mot, sans allumer la lumière, et s'assoit à côté de lui. Ils écoutent ensemble la belle voix grave à la sensualité noyée dans l'alcool et les heures sombres.

How can we get our love back / got turned around / I just want to see you / when the sun goes down.

Lisa sort du métro, elle marche, pense à cette nuit, encore une autre, interminable, seule. Elle se sent devenir folle, petit à petit. Elle ne parle presque plus, répond par onomatopées, ne débranche pas le répondeur, évite le café de Bernard qui lui a fait la morale la dernière fois qu'il l'a croisée : elle marchait comme une somnambule, alors qu'elle allait acheter des cigarettes et des céréales – elle les grignote à même le paquet, sans pouvoir rien avaler d'autre, matin et soir. Elle laisse défiler les messages, Alex, Boris, sa mère, son père, et, depuis peu, Nat, que son silence a fini par inquiéter.

Elle décide de ne pas rentrer tout de suite dans l'appartement vide. Marche encore un peu. David Gray l'accompagne et la fait se sentir un peu moins seule.

Please forgive me if I act a little strange for I know not what I do / Feels like lighting running through my veins everytime I look at you, everytime I look at you / Help me out here all my words are falling short and there's so much I want to say / want to tell you just how good it feels when you look at me that way, when you look at me that way.

Une heure après, la bouteille de whisky est sérieusement entamée. Les lumières toujours éteintes. Boris regarde Alfred d'un drôle d'air, les yeux troubles, comme s'il voulait lui faire comprendre quelque chose, sans avoir à parler. Peur que les mots aillent trop vite, trop loin. Il opte pour la camaraderie masculine, un peu rude, pudique…

– Bon, Al, c'est pas que j'apprécie pas la cohabitation, mais tu crois pas que c'est le moment de…

– …

– Tu crois pas, hein ?

– Ben justement, j'allais t'en parler, Boris. Tu sais, cette fois j'ai l'impression que ça pourrait être la bonne, j'veux dire, si elle est toujours là, et qu'elle est d'accord… j'ai bien envie d'aller faire un tour…

Il a guetté la réaction de son ami, comme un feu vert. Et c'est Boris qui fait ce qu'il n'a pas osé faire, une heure auparavant. Ils se retrouvent debout, tous les deux, serrés dans les bras l'un de l'autre, à renifler comme des cons, sans oser desserrer leur étreinte.

– Merci salaud. Merci pour tout. Tu sais, je t'aime.

– Moi aussi j't'aime enfoiré. Allez, tire-toi, maintenant. T'auras bien assez de temps dans la semaine pour venir récupérer tes fringues et tes merdes, là.

– OK, bon ben j'y vais, alors.

– Eh ! Al ?

– Ouais ?

– Embrasse Lisa pour moi, hein ? Oublie pas !

– Non, j'oublierai pas.

Al regarde son meilleur ami, espère que toute sa gratitude se lit dans ses yeux encore humides, et claque la porte de ce qui a été son « chez-lui ».

ET SI…

Lisa a marché, longtemps. Anesthésiée par le froid et la fatigue, elle arrive dans la rue Manuel, croit voir Alfred cinq fois, puis sa voiture, pense que dormir lui fera du bien. S'il appelle, elle ne pourra pas le manquer : le téléphone est resté sur l'oreiller, depuis que Boris lui a dit que peut-être, bientôt… Mais c'était il y a une semaine. Que fait-il ? Avec qui passe-t-il ses soirées ? Est-ce qu'il pense à elle, un peu, quelquefois ? Et s'il avait oublié, pour de bon ? S'il pensait déjà à la vie sans elle ? Et si c'était fini, tout simplement fini… Elle sent quelques larmes couler, chaudes sur ses joues glacées.

Taper les quatre chiffres du code, pousser la lourde porte cochère du vieil immeuble, éteindre le Discman, enlever les gants, dérouler l'écharpe… Lisa monte les marches, s'arrête, hésite à ressortir pour faire le plein de cigarettes, manque de courage. Deuxième étage, elle reconnaît l'introduction d'une chanson familière, se dit qu'elle devient sans doute folle pour de bon. Troisième étage, elle ne rêve pas : un des voisins a choisi de la torturer, c'est sûr ; la voix d'Eta James réchauffe la cage d'escalier, et l'assaille de brûlants souvenirs… Quatrième étage, et si c'était… elle s'arrête, n'ose pas y croire. Il est là. Ça ne peut être que lui. Al est chez eux, il est rentré. Lisa caresse la serrure de ses doigts tremblants…

Elle sort ses clés, entre.

Al est là, debout dans le salon. Il l'attend. Elle sourit à

travers ses larmes. Il a pensé à la musique, avant même de retirer son manteau. Il vient d'arriver, son visage est encore rougi par le froid. Elle pense à la première fois qu'elle l'a vu ; il a le même sourire. Elle reste plantée là, les bras le long du corps, dans l'entrée. Incapable de faire un geste, de dire un mot. Paralysée par l'instant : Al est rentré. Elle se rend compte qu'elle pensait l'avoir perdu à jamais.

Il s'avance, timidement. Se rapproche. Chaque centimètre. Elle sent de nouveau sa présence, son odeur, devine la chaleur de son corps. Il tend la main et caresse sa joue, l'attire à lui, avec une infinie douceur, et la prend dans ses bras. Ils se serrent si fort qu'ils se font mal. Tout en eux reconnaît l'autre, ils s'embrassent, se frottent l'un contre l'autre, mêlent leurs souffles, laissent leurs corps se retrouver. Al regarde sa Lisa, fiévreux, il a envie d'elle, il bande d'envie, de désir, d'amour, il serre son corps amaigri, enfouit son visage dans son cou, respire l'odeur de ses cheveux, son cœur bat tellement fort qu'il se demande comment tout n'a pas déjà explosé à l'intérieur. Ils se débarrassent de leurs vêtements, fébriles. Al reconnaît le pull gris-bleu qu'elle lui avait emprunté, le soir de leur rencontre. Larmes, sur son visage à lui aussi. Ils font l'amour, par terre, dans l'entrée. Ils n'ont pas dit un mot, ne se sont pas quittés des yeux.

Plus tard, dans la cuisine, ils se préparent deux énormes sandwiches, ouvrent une bouteille, sans cesser de se toucher. Ensemble. Ensemble, enfin.

Lisa pense qu'elle ne s'est jamais sentie aussi heureuse. Al se dit qu'il n'aurait jamais pu quitter cette femme qui lui sourit, cette femme qu'il aime plus que tout au monde, la future mère de leurs enfants…

– Alors, t'as fait quoi, ces derniers temps ?

Lisa s'est lancée. Elle a l'air mutin des jours où quoi qu'il arrive, elle choisira d'en rire plutôt que d'en pleurer.

– Bof… pas grand-chose, tu sais. La routine, quoi. Boris, le boulot… Boris… le boulot…

– Ah… Ben pour moi c'est pareil, rien de neuf, quoi.

Al a gardé l'odeur de Lisa partout sur lui. Ses mains sentent son sexe. Il est de nouveau excité. Il la regarde, et la trouve belle comme jamais, malgré sa pâleur, son visage creusé et ses grands cernes sous les yeux. Elle aussi le dévore des yeux, s'emplit de sa présence. Elle fixe sa bouche, ses mains, ses épaules… Ils sont presque nus, ils se sourient, c'est comme si rien n'avait changé. Ils savent pourtant que rien ne sera facile. Qu'il faudra réapprendre, qu'ils doivent se parler. Surmonter, à deux… Lisa se sent prête à affronter ses démons, avec Al à ses côtés.

Plus tard, dans le lit d'où Al a éjecté le téléphone en riant, attendri, Lisa lui pose encore quelques questions, l'air de rien. Il la sent inquiète, se demande comment la rassurer, a décidé depuis longtemps de ne rien lui dire. Espère qu'elle comprendra l'absence d'explication.

– Lisa, je suis tombé sur les bonnes personnes, c'est tout.

– C'est bien. Si t'es là aujourd'hui, c'est à elles que je le dois, alors.

– …

– Moi, tu sais, j'ai fait que tomber, sans toi…

– Je t'aime, Lisa, si tu savais comme je t'aime.

– C'est moi qui t'aime, Al.

Ils s'endorment au petit matin, serrés fort l'un contre l'autre, épuisés, vidés, en se promettant mille fois de ne plus jamais se quitter.

CHAMPAGNE ET MALADRESSE

Trois mois après

Alfred et Lisa ont invité Alex, Nat et Boris à dîner. Un vrai dîner de fête. Pour se faire pardonner d'avoir joué les tourtereaux seuls au monde, depuis leurs retrouvailles, ils ont fait les choses en grand. Al s'est mis aux fourneaux, pour les « choses sérieuses ». Lisa s'est occupée des entrées et du dessert. Nat apporte un tiramisu. Boris et Alex du champagne. Al a sorti leurs meilleures bouteilles et Lisa s'est maquillée, pour l'occasion.

Ils vont et viennent, de la cuisine au salon, arrangent la table, chantonnent par-dessus Paris Combo, s'embrassent au-dessus du curry d'Alfred qui mijote et apporte sa touche orientale à l'appartement tout fleuri. Lisa range distraitement le joyeux désordre, prolongement naturel des deux mains de son mari. Il lui demande dans un souffle « si elle croit qu'ils ont le temps, avant qu'ils arrivent ». Elle répond non, en riant – ravie de son envie.

– Tiens au fait, rajoute une assiette, Boris m'a dit qu'il viendrait avec sa nouvelle copine. Je crois qu'elle s'appelle Charlotte.

– OK. Tu la connais ? Je veux dire… Il l'a rencontrée quand tu étais chez lui ?

– Non, mon amour, je ne la connais pas. Et arrête de penser que j'ai accompagné Boris dans toutes ses virées.

– Bon, bon, d'accord, j'ai rien dit.

Complicité. « Jusqu'ici tout va bien »…

Nat et Alex arrivent les premiers. Les deux amies se sont rapprochées, doucement. Pas de grande effusion. Pas de mise au point. Lisa pense qu'elle aura lieu, un jour ou l'autre : elle sait qu'elle en veut encore à Nat de n'avoir pas été là pour elle, quand elle en avait tellement besoin ; devine que, de son côté, Nat lui reproche plus ou moins consciemment de se sentir coupable de sa propre absence…

Boris les rejoint, accompagné d'une jeune femme d'une trentaine d'années, joliment ronde, sexy, au beau visage ovale qu'encadrent de courtes boucles blondes. Son sourire est chaleureux, son regard franc. Lisa décide immédiatement qu'elle lui plaît. Nat semble un peu sur la défensive, comme souvent, face à une jolie femme. Boris a les yeux qui brillent. À la façon qu'il a de prononcer son prénom, « Charlotte », Al devine que c'est plus sérieux que d'habitude.

Le dîner est une réussite. Tout le monde se régale, savoure les vins, alternant anecdotes et discussions sérieuses. Il est question des prochaines vacances. Al fait tomber sa serviette. Aperçoit, en se baissant pour la ramasser, la main de Charlotte posée sur la cuisse de Boris. Sourit à l'idée qu'elle est peut-être celle, enfin, qui parviendra à le retenir. Il lui souhaite tout le bonheur du monde.

Alex, en grande forme, les fait hurler de rire en racontant ses derniers castings – il a décidé de se lancer, enfin, et tente de réaliser son rêve : devenir comédien. Lisa et Al profitent des allers-retours dans la cuisine pour s'embrasser. Pensent à la fin de soirée…

Au dessert, tous les six ont bien bu, bien ri ; il est minuit passé.

Charlotte demande à Alfred et Lisa comment ils se sont rencontrés. Ni l'un ni l'autre ne se fait prier pour raconter les premières semaines. Très vite, Lisa laisse Al maître du récit, étonnée, un peu, émue, surtout, qu'il se souvienne à ce point des moindres détails. La première rencontre (intervention de Nat : « Ah oui, et moi j'avais passé la nuit avec un super mec... euh... merde comment il s'appelait déjà ??? », complément d'Alex : « Ouais, et moi j'me suis demandé qui était le dingue qui me réveillait à trois du mat' pour me prévenir que Lisa pieutait chez lui finalement ! »), les rendez-vous chez Bernard, les discussions hésitantes au téléphone, si drôles, et touchantes, a posteriori ; et puis, très vite, Lisa qui s'installe chez Al, et un an après, à peine, la demande en mariage, la fête inoubliable...

Charlotte les écoute, fascinée comme une enfant à qui on lit une belle histoire. Et, pensant conclure en leur faisant plaisir...

– Oh là là, mais arrêtez, ça devrait être interdit, c'est un putain de conte de fées vous deux ! C'est dégueulasse ! Bon, et maintenant alors, il vous manque plus qu'une ribambelle de gamins, hein ? Vous êtes prêts à faire le grand saut ? Allez, on est entre nous, là, vous nous avez mis l'eau à la bouche ! C'est pour quand ?

Tout le monde s'est tu, mais Charlotte, toute à son enthousiasme, n'a perçu ni le silence soudain ni les regards suppliants de Boris qui se tortille sur le canapé et rallume une cigarette au mégot de la précédente.

Al plante son regard acéré dans celui de Lisa, devenue pâle.

– Ben oui, tu vois, justement, ça tombe très bien, Charlotte, ce que tu dis. C'est vrai, tu trouves pas qu'il est temps de s'lancer, hein mon ange ?

Lisa sent qu'Al est trop ivre pour laisser tomber. D'ailleurs, elle aussi, elle a pas mal bu. L'angoisse monte, aussi vite que les bulles de champagne dans la coupe qu'elle vide d'un trait.

Elle sait qu'elle mérite ce qu'elle sent venir. Elle connaît Al, devine qu'il va tenter de la pousser à bout. S'avoue douloureusement qu'il aurait toutes les raisons de le faire.

Depuis trois mois, elle lui promet qu'elle réfléchit. Vraiment. Qu'elle commence à comprendre d'où lui vient cette peur d'avoir un enfant, qu'elle « travaille » sur elle-même, pour parvenir à la surmonter. Elle sait que ça peut prendre des années, que ça s'enracine très loin dans l'enfance, mais que la vie doit être la plus forte. La vie avec Al. Al qui veut un enfant.

Al lui assure qu'elle ne lui est redevable de rien, qu'il l'aime au-delà de l'imaginable : « Je suis revenu parce que tu es la femme de ma vie, c'est aussi simple que ça », lui a-t-il répété, des dizaines de fois, en la couvrant de baisers. Mais Lisa sait qu'elle met sa patience à rude épreuve. Personne ne règle complètement ses problèmes, mais quand on en prend conscience, on peut choisir la vie, malgré tout. Et la vie, aujourd'hui, pour Alfred et Lisa, ensemble, c'est d'abord un enfant.

– Lisa ? Tu m'entends ? Tu trouves pas qu'il serait temps d'y penser sérieusement ? Un bébé, tu sais, on en a déjà pas mal parlé, tous les deux, ça fait un bout d'temps maintenant, non ? Tu crois pas ? Lisa !

Alex tente une diversion.

– Ouais, enfin c'est comme pour tout, quand on est pas prêt, ben on est pas prêt, c'est aussi simple que ça. Y a pas de règle. Moi par exemple, avant que je me décide, pour le théâtre…

– D'accord Alex, mais quand même, y a un moment… où c'est le moment, c'est tout. Sinon, on peut rester là à se dire qu'on sera jamais prêt, et la vie passe, comme ça, et un matin on s'réveille, seuls comme des cons, et là on s'dit : « Putain mais il est trop tard, maintenant ! Qu'est-ce qu'on a foutu tout ce temps ! »

– Oui, c'est vrai, mais bon, c'est pas comme si vous aviez quarante piges, non plus. C'est bien de profiter à fond de sa vie de couple, aussi, non ?

Charlotte a senti le terrain miné, et se demande comment réparer sa maladresse ; elle jette un œil à Boris, que la tension croissante semble avoir tétanisé.

Alfred continue, le regard mauvais.

– Mais c'est vrai, quoi, ça devrait pas rester secret, c'est quand même la chose la plus merveilleuse au monde, non, de faire un enfant ? Lisa, qu'est-ce que t'en penses, on le fait, ce gamin ? Ou alors t'as encore besoin de deux ou trois ans de réflexion ? Lisa, son problème, c'est qu'elle veut être bien sûre. C'est ça, hein, mon amour ? Tu veux réfléchir ?

– Al, arrête.

– Ben quoi ? Tu veux pas nous dire quand tu seras enfin prête pour avoir un bébé ? Ou peut-être que t'en sais rien. Alors, ça, si tu sais toujours pas…

– Ça suffit.

– Comment ça, « ça suffit » ? J'te parle de te faire un enfant, et toi tu me réponds juste « ça suffit » ? Ah mais non, Lisa, ça suffit pas du tout ! Ça veut dire quoi ? Ça veut dire un an, deux ans, cinq ans ? Ça veut dire jamais ? C'est ça Lisa ? Ça veut dire jamais d'enfants ?

– …

– Ça veut dire jamais d'enfants, putain, mais réponds, merde !!!!!!! Est-ce que c'est ça que ça veut dire ???????

– Tu me lâches avec ça !!! Tu sais très bien que j'ai envie d'un enfant, merde !!!! Tu l'sais très bien, Al. Tu veux une date précise, c'est ça ??? T'as besoin d'une putain de date ???? Très bien, alors voilà. Dans six mois, Al. Dans six mois, on fait un bébé. OK ? Six mois, ça te va ???? T'es content là ?

– Ben oui. Oui, j'suis très content. C'est tout ce que j'avais besoin d'entendre, mon ange. J'suis très content.

Al se lève, un peu titubant. Il a les larmes aux yeux. Il se ressert du champagne, et lève son verre. Sa voix est très douce, débordante de tendresse. Il regarde Lisa. Toute tension retombée.

– Ben voilà, mes amis, je propose qu'on boive à dans six mois, je lève mon verre à notre bébé, à Lisa et à moi. Je t'aime, Lisa, tu peux pas savoir comme je t'aime. (Il éclate de rire.) Et à Charlotte ! La deuxième coupe à la santé de Charlotte !

Al reste debout, seul, dans un silence dont le malaise est encore palpable. Boris et Alex semblent hésiter entre les rires et les larmes. Nat, restée silencieuse jusque-là, se lève à son tour, brandit son verre.

– Au bébé d'Alfred et Lisa !

Alex et Boris s'y mettent.

– Allez, au p'tit des amoureux ! Faites-nous un beau bébé, hein ! Et vous vous arrangez pour qu'il prenne plus du côté d'la maman, d'accord ?

– Et puis aux six prochains mois, Al, parce qu'il faut de l'entraînement, mon vieux !

Seules Lisa et Charlotte sont restées assises, la première sous le coup de l'émotion, passant instantanément de la colère à un bonheur dont l'intensité la trouble et l'apaise ; la seconde, encore abasourdie, sans parvenir à comprendre comment tout a basculé à ce point en quelques minutes.

Al prend la main de sa femme, l'attire à lui, et l'embrasse avec fougue, sous les bravos de la troupe.

Charlotte se glisse dans les bras de Boris, qui lui murmure à l'oreille :

– T'en fais pas, j'te raconterai. Mais tu sais, j'crois que t'as été vraiment géniale, ce soir.

ROSE OU BLEU ?

Onze mois après

Alfred et Lisa se sont rejoints chez Bernard, après le boulot, pour prendre l'apéro sous le soleil, en terrasse. La journée a comme un air de fête, il fait bon.

Al regarde Lisa, et pense au lendemain. Il a juré cent fois à sa femme qu'il s'en foutait, mais au fond de lui, il sait bien ce qu'il espère.

Un garçon.

Pour les parties de foot à la campagne. Les petites voitures. Les bagarres à l'école. Le sport à la télé. Les premières cigarettes. La première soirée. La première cuite. La première fille. Et celles d'après. Le flipper. La première belle paire de pompes. Le premier job d'été. Les sorties en boîte. Le premier costard. Les premières vacances entre potes. Le permis. Le premier grand chagrin d'amour. Les BD. Les dégustations de bonnes bouteilles. La complicité. Les engueulades. Les réconciliations.

Une fille ?

Une fille, c'est sûr, ça serait bien, aussi. Une petite Lisa… Mais quelle peur il aurait…

Les copines de l'école qui trahissent les secrets. Les cheveux pas assez longs, pas assez blonds. Les premières cigarettes. La première soirée. La première cuite. Le premier. Et ceux d'après. Les garçons qui jouent au flipper. La première belle robe. Les premières chaussures à talons. Le premier job d'été. Le mascara. Les sorties en boîte. Les premières vacances entre copines. Le permis. Le premier grand chagrin d'amour. Les films romantiques. Les séries débiles à la télé. Les fous rires. Les engueulades avec sa mère. Les réconciliations avec sa mère. Les Bains-Douches. Les toilettes des Bains-Douches. Le dernier verre dans un petit bar enfumé. Les studios au sixième étage…

Oh non… Non, non, c'est pas possible, une fille en premier. Pourvu que ce soit un garçon !

Lisa, elle aussi, triche un peu quand elle dit qu'elle s'en fout. Enfin, elle, ça lui est vraiment égal. Mais elle sent bien qu'Al rêve d'un garçon, alors elle aimerait lui faire cette surprise. Un petit Alfred. Elle voudrait qu'il ait ses yeux, ses mains, et sa voix. Se demande s'il héritera de sa façon particulière de prononcer les « r ».

Bernard est tout ému. Il fait promettre cent fois aux jeunes parents de l'appeler, dès qu'ils savent. Boris et Alex ont parié une bouteille de champagne sur un garçon. Nat tient bon, persuadée que Lisa ne peut faire qu'une « p'tite bombe qui les aura tous à ses pieds ».

Alfred regarde Lisa, aux anges. Il pose la main sur son ventre rond, doux, poli comme les cailloux qu'ils ont ramassés sur les plages de Bretagne, il y a quinze jours.

– Bon, en tout cas tu fais pas comme ta mère ? Fille ou garçon, quand on aura décidé du prénom, tu m'fais pas le coup, hein ?

– T'inquiète pas, mon amour, y a aucun risque.

Al sourit intérieurement. Il ose à peine se l'avouer, mais s'il est parcouru de frissons en pensant à une petite fille, c'est aussi parce que sur la liste de prénoms que s'amuse à faire Lisa, au moins une fois par jour, depuis une semaine, deux d'entre eux reviennent, à chaque fois, dans les premiers rangs.

Emma. Et Alice. Al pense que l'ironie de la vie a toujours le dernier mot…

Lisa, rayonnante, le tire de ses rêveries.

– Eh mon mari ! Au lieu de sourire, là, comme un bienheureux, tu veux pas emmener ta femme au restau ? J'ai faim, moi !

Bernard les regarde s'éloigner, bras dessus bras dessous, la main libre de Lisa posée sur ce ventre dont elle est si fière, et qu'elle porte si bien.

Elle a mis sa jolie robe marinière, un large foulard en guise de ceinture. Elle ne marche pas, elle glisse, couvée par les regards émerveillés d'Alfred, portée par les sourires bienveillants des passants.

Le lendemain, à la même heure, dînant dehors une nouvelle fois, pour fêter l'événement, Lisa glisse à Alfred, fou de bonheur :

– Dis-moi mon amour, il va falloir penser à te remettre sérieusement au foot, non ?

CET OUVRAGE
A ÉTÉ ACHEVÉ D'IMPRIMER
PAR L'IMPRIMERIE FLOCH
À MAYENNE EN DÉCEMBRE 2002

Édition exclusivement réservée aux adhérents du Club
Le Grand Livre du Mois
15, rue des Sablons
75116 Paris

N° d'impr. 55687-1
D.L. janvier 2003
(Imprimé en France)